Gespenstergeschichten aus Bern

Nacherzählt von Hedwig Correvon

Bilder und Buchschmuck
von Hans Eggimann

Mit einem Kommentar
von Rudolf J. Ramseyer

Zur Neuausgabe

Die «Gespenstergeschichten aus Bern» von Hedwig Correvon (Pseudonym für Hedwig Lotter, 1876 bis 1955) erschienen 1919 erstmals im Berner Union-Verlag und sind längst vergriffen. Für die vorliegende Neuedition konnte teilweise auf die originalen Bildclichées zurückgegriffen werden, die sich im Besitze der Nachkommen von Hedwig Lotter erhalten haben. Die Texte halten sich an die Erstausgabe. Es wurden einzig offensichtliche Druckfehler und Irrtümer der Autorin korrigiert. Ferner sind die einzelnen Überlieferungen thematisch geordnet worden.

© 1989 Emmentaler Druck AG, 3550 Langnau
Produktion: Markus F. Rubli, Verlagsberatung, Murten
Umschlaggestaltung: Hans Wüthrich, unter Verwendung des Umschlages der Erstausgabe von Hans Eggimann
Herstellung: Emmentaler Druck AG, Langnau
ISBN: 3-85654-897-1

Inhalt

Vorwort

Es sind nicht lauter Gespenstergeschichten, was die Verfasserin in diesem Buche erzählt, sonst würde mancher es schaudernd auf die Seite legen, kommt im Leben doch so viel Geisterhaftes und Abschreckendes an uns, dass wir in den kargen Mussestunden uns lieber mit den Dingen befassen, welche die helle Sonne überglänzt.

Es interessiert uns aber doch, zu erfahren, wie viele blut- und nervenlose Wesen in Bern noch umgehen, wenn die mitternächtliche Stunde schlägt und der Mond in die winkeligen Gässlein und Nebenausecken hineinzündet. In der Brunngasse, der Matte und an der Fricktreppe besonders, aber auch an andern Orten der Altstadt sollen sie zu gewissen Zeiten erscheinen, so zahlreich wie in den entlegensten Krachen der Walliser Seitentäler. Da geistern Ratsherren, Advokaten, Klosterfrauen, Beginen, Tänzerinnen und Krankenschwestern, Selbstmörderinnen und sündige Frauen, und sonderbar, auch General Lentu-

lus und der biderbe Ritter Nägeli müssen ihren
Ewigkeitsschlaf unterbrechen, wenn sie gerufen
werden; man weiss nicht warum.

Viele dieser Geschichten sind Sagenmotive, die
über alle Lande verbreitet sind, und man sieht,
Meister Eggimann ging mit grosser Lust und Sorg-
falt an die Arbeit und entfaltete in seinen Illustrationen eine Phantasie und einen Humor, dass man
lächelt, staunt, sich freut ob jedem Blatt und un-
absichtlich noch allerlei Spuk- und Polterhaftes
in die schönen Bilder hineinspintisiert.

Johannes Jegerlehner

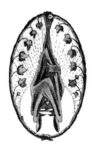

Von Vater Nägeli

Noch immer lebt Vater Nägeli, der Eroberer der Waadt, unter den Bernern. Das wissen viele und versuchen deshalb, ihn zu sehen und, wenn es lose Buben sind, ihn zu necken. Wenn man sich nachts um zwölf Uhr an die Fricktreppe begibt, dann tritt manchmal seine grosse, majestätische Figur aus den Mauern hervor. Wehe dem, der ihn aus seiner Ruhe aufgeschreckt, sei es durch den mutwilligen Ruf: «Vater Nägeli» oder durch ein lautes Pfeifen. Der spürt auf einmal eine schallende Ohrfeige auf seiner Wange, die sich noch lange durch eine Geschwulst, die fünf Finger zeigt, verrät.

Einstmals aber entschlossen sich zwei Frauen, sich an ihn als einen Freund zu wenden. Die Not war bei ihnen so gross geworden, dass sie keinen anderen Ausweg wussten. Man hatte ihnen einstmals gesagt, Vater Nägeli verfüge über viel Geld. Nachts zwölf Uhr stellten sie sich bei der Fricktreppe hin. Ihre Knie zitterten vor Angst; sie hielten sich an der Hand, um sich gegenseitig Mut zu machen. «Vater Nägeli!» riefen sie mehrere Male mit zitternder Stimme. Lange gaben nur die Wände das Echo zurück. Wäre das Elend zu Hause nicht so gross gewesen und hätten sie einen andern Ausweg gewusst, sie hätten ihr Vorhaben schon lange aufgegeben. «Vater Nägeli!» riefen sie abwechslungsweise. Da öffnete sich plötzlich eine Mauer, und aus ihr trat eine grosse, helle Gestalt hervor. «Was wollt ihr?» fragte eine mürrische Stimme. Da fasste eine der Frauen all ihren Mut zusammen und erzählte dem Manne ihr beider Unglück. «Geht nur wieder heim», erwiderte darauf die Stimme. Wie aber die Frauen hinschauten, sahen sie, dass die Gestalt dunkler und dunkler wurde und schliesslich ganz verschwand.

Als die Frauen in ihre Stuben zurückkehrten, brannte auf dem Tisch ein helles Licht. Ein Haufen Gold lag daneben, zusammen mit einem grossen Brot. Und wiewohl die Frauen jeden Tag etwas von dem Gold nahmen, blieb doch immer noch etwas von dem Haufen zurück.

General Lentulus

Am Waldrande beim Könizwald steht ein einsamer Gartenpavillon, dessen Fensterläden stets verschlossen sind. Ängstlich wird die Ruhe um diesen Ort gehütet, denn man weiss, dass der General Lentulus in diesem Hause seinen letzten Schlaf schläft. Nur wenn die Geschicke des Landes die Leute mit Sorge erfüllen, wenn man nicht mehr weiss, nach welcher Richtung das Staatsschiff zu lenken sei, geht man zum General Lentulus und befragt ihn um Rat. «General Lentulus, General Lentulus», muss man dann rufen, «steht die Schweiz in Gefahr?»

Von Vater Nägeli

Als der Weltkrieg wieder einmal seine Wellen in die Schweiz hinüberzuschleudern drohte, machten sich einige beherzte Männer auf, um den General Lentulus zu befragen. «General Lentulus», rief einer von ihnen, nachdem sie feierlich ums Haus Aufstellung genommen hatten, «General Lentulus!» Und so noch einige Male. Lange hörte man nichts, und die Männer wollten schon wieder unverrichteter Dinge abziehen. Da vernahm man von innen ein langgezogenes Gähnen. Dem folgte das Rücken von Stühlen, das Schlurfen von Schritten, und gleich darauf wurden die Fensterläden aufgerissen. Im Fenster erschien eine hohe Gestalt, die aber niemand anzuschauen wagte. «General Lentulus», getraute sich endlich einer der Männer zu fragen, «steht die Schweiz in Gefahr?» «Nein», tönte da die Antwort mit grimmiger Stimme. «Noch nicht. Lasst mich weiterschlafen.» Dann zog die Gestalt die Läden wieder zu und liess die Männer draussen stehen.

Beim Sonderbundskrieg war man auch gegangen, den General Lentulus zu befragen, seither aber nicht mehr bis an dem genannten Tag.

Ratsherren

n nächtlicher Stunde geht oftmals eine Schar Ratsherren die Treppe des Rathauses hinan, um in einem der Säle eine Sitzung abzuhalten. Jeder von ihnen trägt eine schwarze Mappe unter dem Arm. – Geschäftig, mit vornübergebeugtem Oberkörper steigen sie mit ihren schnallengeschmückten Schuhen die Stufen hinan, um ebenso eilig in das leere Gebäude einzutreten. Eine juristische Frage würden sie erörtern, erzählen die Leute. Wenn alle auf ihren Sesseln Platz genommen haben, steht einer von ihnen auf und hält eine Rede. Und wenn er geendet, dann geht ein Rufen und Schreien an. Die knöchernen Fäuste schlagen laut dröhnend auf den Tisch. Die fleischlosen Kinnladen fletschen aufeinander, die aalhautumwundenen Zöpfe scheinen sträubend und protestierend sich in die Höhe zu stellen. Wenn das Silberglöckchen von der Pendule an der Wand zum Zwölfuhrschlag ausholt, dann erheben sich die Herren eiligst, raffen die Papiere in die Mappe zusammen und stürmen dem Ausgang zu. Ein Mann hatte sich einst hinter dem grossen Ofen versteckt, um den schauerlichen Zug der bekleideten Gerippe an sich vorüberziehen zu sehen. Von Stund an war er mit Blindheit geschlagen.

Im Rathaus

och heute geht es im Rathaus um. Wenn der Zeitendrang die Schicksale der Stadt zu berühren droht, dann hält eine zweispännige, reichvergoldete Karosse vor der Treppe des Rathauses an. Ein Diener springt vom Bock und reisst den Wagenschlag auf. Ein Herr in absonderlichem Gewand entsteigt dem Wagen und schreitet langsam, bei jedem Tritte innehaltend, die Treppe hinan. Auf der Mitte angelangt, steht er still. Da fängt ein weisser, feiner Dunst ihn zu umhüllen an; er wird dichter und dichter, windet sich in die Höhe. Und auf einmal ist die Gestalt verschwunden. Auch von der Karosse und ihrem Diener sieht man von diesem Augenblick an nichts mehr.

Zeitweilig steigt auch ein Zug ernster, schwarzgekleideter Herren die Rathaustreppe von beiden Seiten hinan, um lautlos im Hausinnern zu verschwinden. Dass sie wieder herausgekommen wären, hat noch niemand bemerkt.

Durch die Gänge sieht man des Abends einen Mann schreiten, und wenn man genauer hinblickt, so kann man erkennen, dass er unterm Arme seinen eigenen Kopf trägt. Ist es einer der einstmals auf der Kirchgasse Hingerichteten?

Vielen, die zu gewissen Zeiten durch einen Korridor gehen, schwillt der Kopf hoch an; ein Fieberschauer beginnt sie zu durchrütteln, der sie noch acht Tage besessen hält. Bargen die Kammern, die auf den Korridor ausmünden, einstmals Folter- und Richtwerkzeuge?

In einem Zimmer, das früher zu einer Abwartswohnung gehörte, bricht zeitweilig ein Lärmen, Schreien, Schimpfen aus, dass man kaum sein eigenes Wort versteht, in abgerissenen Worten, deren Sinn niemandem klar wird, Scheltworte, deren Sinn man nicht begreift, und dazwischen lautes Weinen und ungeduldiges Stampfen. «Verführen die Kinder wieder einen Lärm!» sagte dann die Abwartsfrau und ging zu dem grossen Ofen hin, von dem her das Lärmen tönte. «Wollt ihr sofort stille sein!» rief sie hinter den Ofen. Und es wurde auch still.

Kinder mit grossen Köpfen und langen Gliedern an einem winzigen Körper seien es, wusste sie zu erzählen. Von Zeit zu Zeit würden sie sich ihr zeigen. Friedliche, zutrauliche Gespenster seien es sonst, doch von Zeit zu Zeit würden sie in Zank und Streit geraten – gerade wie ihre eigenen Kinder.

Advokaten

Eines Abends kam, müde vom langen Wandern, ein junger Handwerksbursche in einen Gasthof der untern Stadt. Er hatte nur einige Rappen Geld, und deshalb war ihm bange, es könnte ihm das Nachtquartier verweigert werden. Der Besitzer aber wies ihm im Gegenteil ein elegantes Zimmer an. Schwere Portieren verhängten die Türen; hohe, weich gepolsterte Sessel umstanden einen grossen runden Tisch. Das Staunen des armen Burschen kannte keine Grenzen. Hier sollte er wirklich übernachten?

Er war in tiefem Schlaf, da wachte er plötzlich auf. Ein furchtbares Getöse hatte angehoben. Es kam die Treppe herauf, polternd, an jedem Tritte stolpernd. Auf flog die Tür: unter dem Rahmen erschien ein alter Herr mit einer mächtigen Zopfperücke, der unterm Arm eine grosse Mappe trug. Und hinter ihm tauchte eine ganze Schar gleichgekleideter Männer auf. Sie traten gewichtig ins Zimmer ein, schritten auf ihre Plätze zu. Aber erst als der, welcher sich oben an den Tisch begeben, Platz genommen hatte, liessen sich die andern auf die Stühle nieder und legten die Mappen vor sich hin. Und jetzt ging's an ein Blättern und Herumstöbern in den Akten. Der Handwerksbursche blickte verstohlen hin: Statt der Köpfe hatten alle Totenschädel, und die grossen runden Hornbrillen sassen vor leeren Augenhöhlen. Der hohe Kragen, die breite schwarze Krawatte verhüllten einen knöchernen Hals, und knöchern, fleischlos waren auch die Finger, die jetzt aufgeregt über die Blätter fuhren und stets an derselben Stelle haften blieben. Da, klatsch, warf der oberste am Tisch die Mappe zu und fuhr von seinem Sitze auf. Unter den andern entstand ein Flüstern und Raunen. Einer warf mit Dröhnen seine Mappe auf den Tisch. Das war das Zeichen zu einem furchtbaren Sturm. Dürre Arme fuchtelten durch die Luft, schlugen die umgeworfenen Stühle dröhnend auf den Boden. Alles drängte zur Tür, und kollernd und polternd stürzte die Gesellschaft die Treppe hinunter.

Der Handwerksbursche, entsetzt, atmete auf: Endlich war der grässliche Geisterspuk fertig. Da hörte er es von neuem die Treppe heraufpoltern. Er sprang an die Tür und stiess den Riegel vor. Was war das? Die Tür sprang dennoch auf. Und die Schar erschien von neuem. Sie stürzte sich auf ihn, warf ihn ins Bett. Einer der Herren suchte die Decke über sein Gesicht zu ziehen, ein anderer riss ihn am Arm zum Bett hinaus. Eins schlug die Stunde. Da flohen sie alle zur Tür hinaus. Ruhe, Stille, als wäre nichts geschehen.

In Schweiss gebadet, erhob sich der Handwerksbursche und wollte diesem entsetzlichen Ort entfliehen. Die Türen des Hauses aber waren verschlossen. Er weckte den Wirt. Der schaute ihn mit unsichern Blicken an und öffnete ihm, ohne ihm etwas für das Nachtlager zu verlangen.

«Und du lebst noch?» riefen die Leute aus, als der Bursche erzählte, wo er die Nacht verbracht. «Schon lange sucht der Wirt ein Opfer, um das Haus von den Geistern zu befreien. Wie lange schon ist er des Disputes satt, der die Advokaten schon bei Lebzeiten auseinanderbrachte und sie sogar aus dem Grabe treibt – heute noch, nach zweihundert Jahren!»

Schuhe ins Grab

Von der Fricktreppe aus bewegt sich von Zeit zu Zeit nachts zwölf Uhr ein alter Mann der Junkerngasse zu. Die einen behaupten, er laufe auf Bocksfüssen, die andern sagen, er hätte gar keine Füsse. Auf seinem Wege aber jammert und klagt er laut: «Zieht jedem Toten Schuhe ins Grab an.»

Andere wollen eine junge Frau herumwandeln sehen. Sie sei im Wochenbett gestorben, wird erzählt, und müsse nun immer und immer wieder ihr Kind suchen, weil man unterlassen habe, ihr Schuhe ins Grab anzuziehen.

Schuhe ins Grab

Heimweh

Die heilige Zeit treibt so manchen, den das Heimweh sein Leben lang verfolgt, an den Ort seiner Kindheit zurück. In einem alten Hause der innern Stadt öffnen sich zu gewissen Zeiten lautlos die Türen, und über die Schwellen schreitet leise eine junge Bäuerin in der Tracht vergangener Jahrhunderte. Den Schwefelhut am Arm, durchwandert sie alle Räume, in denen sie ihre Kinderspiele gespielt. Vor einem Spiegel bleibt sie stehen und ordnet ihr Haar. «Sie ist wieder da», sagen die Bewohner des Hauses und bemühen sich, ihr nicht in den Weg zu treten. Und wenn sie nochmals durch die Zimmer gegangen ist, dann schliessen sich die Türen lautlos hinter ihr zu, und niemand sieht sie vor den nächsten heiligen Zeiten wieder.

Die Fähre

Zum Schwellenmätteli führte einst, als die Kirchenfeldbrücke ihre eleganten Bogen noch nicht über die Aare spannte, eine Fähre. Einstmals wollten zwei Studenten um Mitternacht über die Aare setzen. Sie riefen nach der Fähre. Das Schiff stiess vom jenseitigen Ufer ab. Da blieb es plötzlich mitten im Fluss bewegungslos, wie gebannt stehen. Sieben Lichtlein flammten auf und begannen einen tollen Tanz um das Schiff. Sie setzten sich auf das Wasser, sprangen in die Höhe, hüpften um die Schiffsflanken. Starr blickten die Studenten auf das Schauspiel. Da nahten sich ihnen zwei Frauen. Schleppenden Schrittes waren sie über das nasse Gras gekommen. «Lass uns umkehren», sagte die eine der Frauen mit müder Stimme, «der Augenblick ist heute nicht günstig.» Da verstoben die Lichtlein. Das Schiff verschwand. Und über den Häuptern der Studenten, die in furchtbarem Erschrecken über die Felder eilten, entlud sich ein Gewitter, wie sie seither nie mehr eines erlebt.

Tanzende Beginen

 ur Weihnachtszeit sehen gewisse Personen, denen eine gute Fee eine besondere Sehergabe verliehen oder die unter einem aussergewöhnlichen Stern geboren wurden, sieben Lichtlein über die ruhig dahinfliessenden Wasser der Aare tanzen. Sie heben und senken sich abwechslungsweise. Sie huschen umeinander herum, su-

chen sich zu erhaschen, um alsdann im Reigen in der Runde zu tanzen. Schon eine Zeitlang dauert das liebenswürdige Spiel. Da holt plötzlich die Turmuhr an der Nydeggkirche zum Mitternachtsschlage aus, ernst, warnend. Ein Zucken läuft durch die Flämmchen. Jetzt ein lautes, schmerzliches Seufzen. Der zweite Schlag – und verschwunden sind die Lichter.

Das seien Beginen, sagt der Volksmund, die in jungen Jahren wider ihren Willen in das Kloster am Klösterlistutz eingesteckt worden seien. In der heiligen Zeit sei ihnen eine Frist vergönnt, um sich für einige Augenblicke für ihre geraubte Jugend schadlos zu halten. Und dies würden sie mit ihrem Tanz über den murmelnden Wellen beim Mondenschein tun.

Einsamer Spaziergang

Um die Weihnachts- und Neujahrszeit pflegt ein alter Herr immer denselben Gang, den er in seinem Leben tat, zu gehen. Wenn der Mond sein Licht voll entfaltet hat, tritt er aus seinem Pavillon in der Enge heraus und schreitet, den silberbeschlagenen Stock in der Hand, dem Studerstein zu – in derselben Tracht, die er in seinem Leben getragen: Allongeperücke, Kniehosen, kokette Schnallenschuhe. Einst begegnete ihm ein Arbeiter auf seinem Wege. Voller Verwunderung blieb er stehen und blickte der sonderbaren Gestalt, die seinen Gruss unerwidert gelassen hatte, nach. «Heh!» konnte er nicht an sich halten, ihm nachzurufen. Da stürzten plötzlich aus dem heiterhellen Himmel Wasserfluten auf ihn hernieder. Er eilte davon, so schnell er konnte. Hinter ihm aber donnerte und krachte es, wie er es zuvor noch nie gehört.

Der unerbetene Besuch

Ungern laden die Bewohner eines Hauses in der Junkerngasse Gäste zum Kaffeetisch ein. Und mancher, der dennoch zum Kaffee verblieb, hat den Vorsatz gefasst, dies niemals mehr zu tun. Den Hausbewohnern ist es zur Gewohnheit geworden, Fremde entsetzen sich darob. Während man daran ist, den Tisch zu decken, setzt sich lautlos eine Dame auf einen Platz hin. Man hörte keine Türe gehen, kein Brett unter ihren Schritten knarren. Plötzlich ist sie da, und nichts vermag sie zu verscheuchen. Ruhig, aufrecht sitzt sie auf ihrem Stuhl; die Hände im Schoss, scheint sie auf irgend etwas zu warten. In schweren Falten liegt ihr seidenes Kleid auf dem Bodenteppich; ab und zu gleitet ein Sonnenstrahl über ihre silbergrauen Locken. «Ist Ihnen eine Tasse Kaffee gefällig?» wurde sie schon des öftern gefragt; da aber glitt nur ein bitteres Lächeln über ihre welken Züge.

Platz macht sie nie, und wer bei ihr vorübergeht, der muss einen grossen Schritt über ihre auf dem Boden liegende seidene Schleppe machen.

Auf der Mattentreppe

In früheren Jahren wurde auf der Mattentreppe, da, wo sie einen Absatz macht, oft ein furchtbar verkrüppelter Mann gesehen. Einstmals sass er dort und hielt an jedem seiner Finger einen schweren Korb. Ein Mann kam die Treppe hinauf, und als er den Schwerbeladenen sah, empfand er grosses Erbarmen mit ihm. «Gib her!» sagte er gutmütig zu ihm und griff nach einem der Körbe. – Da ein Zischen. Von der Bank stieg eine kleine Wolke auf. Vom Gebälk herab hallte ein höhnisches «Hahahaha»! Von dem Mann und seinen Körben aber war auf einmal nichts mehr zu sehen.

Heilige Zeit

Nun ist wieder die Zeit, da die Kutsche kommt», pflegen die Leute am Stalden zu sagen, wenn eine der heiligen Zeiten naht. Wenn Mitternacht vorüber ist, dann hört man von der obern Stadt her eine schwere Kutsche sich nahen.

Auf der Mattentreppe

Laut rollen die grossen Räder über das holperige Pflaster. Ein buckliger Kutscher lenkt zwei weisse Pferde. Ein noch buckligerer Diener steht hinten auf. Sie fahren den Stalden hinunter. Unten angekommen, entsteigt eine elegante, totenblasse Dame dem Wagen. Langsam, ohne Begleitung schreitet sie der Matte zu. Die Kutsche aber bewegt sich ebenso langsam gegen den Altenberg. Nach einer Stunde kehrt die Dame zurück. Zu gleicher Zeit naht sich von der andern Seite her die Kutsche. Die Dame steigt wieder ein, ohne ein Wort zu reden, ohne den Kopf zu wenden. Wortlos greift der Kutscher in die Zügel. Schwer steigt der Wagen den Stalden wieder hinan, als hätten die Pferde eine grosse Last zu ziehen. Immer leiser tönt das Räderrollen, und plötzlich ist alles wieder verschwunden. Wer ist die Dame? Was führt sie her seit Jahrzehnten, ja seit Jahrhunderten?

Das Geheimnis des Rosengartens

Ob der, der einem Grabe des Rosengartens immer und immer wieder entstieg, nun, da der Friedhof in einen Park umgewandelt ist, zur Ruhe gekommen ist?

Eine Frau sass mit ihrem Kinde auf einer Bank vor der Mauer, die sich längs des Rosengartens dahinzieht und einen Blick auf die untenliegende

Stadt Bern erlaubt. Da setzte sich der dem Grabe Entstiegene neben sie hin. «Rück' auf die Seite!» sagte die Frau zu ihrem Kinde, wiewohl sie nicht wusste, wer der Mann sei. Aber es wurde ihr bange, denn den Hut hatte er tief ins Gesicht hinuntergezogen, und der Kopf sass in einem hohen, steifen Kragen, der bis an den Hutrand hinauf reichte. Aber je mehr die beiden auf die Seite rutschten, desto dichter rückte ihnen der Mann auf den Leib. «Steh' auf!» sagte die Frau zum Kinde, denn nun sass ihr der Mann beinah' auf dem Schoss. Sie eilten beide der Stadt zu, erschrocken, geängstigt. Noch einmal blickte die Frau zurück nach dem seltsamen Mann. Da sah sie, wie er seine fleischlose Hand erhob und ihr einen Gruss zuwinkte – einen langen, innigen Gruss, als gälte es, von einem lieben Angehörigen Abschied zu nehmen.

Im Antonierkloster

Den Namen hat es behalten, obgleich kein Betstuhl, kein Altar an seinen ursprünglichen Charakter mehr erinnert, die Scheidewände zwischen den Zellen schon längst gefallen sind und seine Räume nur mehr profanen Zwecken dienen. Aber immer noch können die einstigen Insassen sich von ihm nicht trennen. Bald jammert und klagt es aus den Wänden, dass sogar

die Leute in den Nachbarhäusern erschreckt auf-
horchen, bald schlürft es über die morschen Bretter, und es ist, als ob ersterbende Litaneien durch
die Räume schwingen würden. Ratten würden ihr
Unwesen treiben, behaupten viele und lachen
darüber, dass Tote unter den Lebenden weilen
sollten.

Einstmals aber sägte ein Mann Holz in dem
durch Bretter und Gerätschaften verstellten
Raum; da hörte er hinter sich ein sonderbares
Geräusch. Er dachte, die Ratten würden wieder
ihr Spiel treiben und wunderte sich, dass sie dies
in seiner Gegenwart, am hellen Tag wagten. Da
glitt von hinten her ein schwarzer Schatten über
ihn weg, und wie er aufschaute, stand ein grosser
Mann in einer dunklen Mönchskutte neben ihm.
Der hob langsam beide Hände und schaute ihn
aus grossen, ernsten Augen lange und fragend an,
aber aus dem blassen Mund kam kein Ton. Unwillkürlich legte der Mann die Säge zur Seite und
zog die Mütze vom Kopf, denn es war ihm klar
geworden: Der Prior des Klosters stand vor ihm,
und zwar der letzte, der im Antonierkloster seines
Amtes gewaltet hatte.

Neue Lehren

Zur heiligen Zeit war es, da stieg ein junger Geistlicher im Münster auf die Kanzel, um das Wort Gottes zu verkünden. Andachtsvoll lauschte die Menge seinen Reden, denn es war ein neuer Geist, der aus ihnen floss, der Geist der freien Anschauung, der sich über die Schranken des bisher Geltenden hinwegsetzte und ganz neue Begriffe an seine Stelle brachte. Da plötzlich wurde der Prediger stumm. Die Knie fingen ihm an zu wanken. Seine Augen vergrösserten sich in masslosem Schrecken, und keinen Ton brachten seine blassen, trockenen Lippen mehr vor. Was war geschehen?

Man führte den Mann von der Kanzel, man flösste ihm in der Sakristei stärkenden Wein ein. Darauf bestieg er die Kanzel von neuem. Kaum aber hatte sich sein Mund geöffnet, um die heiligen Worte weiter zu verkünden, da wurde er wieder von namenlosem Schrecken erfasst. Nur ihm ersichtlich, tauchte hinter ihm auf der Kanzel eine hohe, schwarze Gestalt auf und legte ihm mahnend, schwer die Hand auf die Schulter.

Sein Vorgänger im Amte war es, den der Tod erst kürzlich seiner Gemeinde entrissen. Hatte den Toten der Geist der neuen Weltanschauung, die von dem Platze aus, den er jahrzehntelang innehatte, verkündet wurde, aus seiner Grabesruhe aufgeschreckt?

Auf der Plattform

Kurz vor Weihnachten war's, da langte nach beschwerlicher Tageswanderung ein junger Pfarrhelfer in Bern an. Und da es Abend war und er seine Reise ins Oberland erst andern Tages fortsetzen konnte, quartierte man ihn in ein Stübchen des Münsters ein, dessen Fenster gegen die Plattform hinausging. Voll fiel das weisse Licht des Mondes durch die Gitter des Fensters. Da, gegen Mitternacht, war dem Schlafenden, als würde draussen etwas vor sich gehen. Er erhob sich und drückte sein Gesicht an die Fenstergitter. Da sah er, wie vier Geistliche im Ornat ernsten, gemessenen Schrittes sich unter den Bäumen der Plattform ergingen. In einigem Abstand folgten ihnen vier Klosterschwestern. Ernste Fragen mussten es sein, die die geistlichen Herren beschäftigten, denn von Zeit zu Zeit blieben sie, heftig gestikulierend die einen, nachdenklich die Hände auf den Rücken gelegt die andern, stehen. Kein Blatt am Baume bewegte sich, und kein Stein rührte sich unter dem Fusse der Dahinschreitenden. Auch kein Ton wurde laut. Aber als sie an dem Fenster des Münsters vorbeikamen, da wandte einer der Geistlichen den Kopf und gewahrte den jungen Mann, der sie beobachtete. Plötzlich zischten acht Flämmchen auf. Eine bläuliche Wolke schob sich vor den Mond. Aber als sie sich verzogen hatte, lag die Plattform so da,

wie sie vordem war. Der Mond überzog die Türm-
chen und Spitzen des Münsters mit Silber; Silber
wob sich über die Blätter der Bäume. Doch von
denen, die eben hier gewandelt, zeugte nicht die
leiseste Spur.

Böse Frauen

Böse Frauen, die ihren Mitmenschen ständig
zuleide lebten, finden erst lange Zeit nach
ihrem Tode Ruhe. Nicht selten kehren sie als
schwarze Katzen wieder und setzen sich auf die
Schwelle einer Türe nieder. Eine Frau versuchte
einst, eine solche Katze zu vertreiben. Sie holte
zu einem mächtigen Schlage aus; die Katze aber
blieb auf der Schwelle sitzen. Noch einmal schlug
sie auf das Tier los – es blieb wie festgebannt.
Die Frau aber verspürte plötzlich einen Schmerz
im Arm, und von der Stunde an konnte sie ihn
nicht mehr rühren.

In einem andern Hause der innern Stadt hört
man die ehemalige Hausherrin immer und immer
wieder kommen. Wohl wissend, dass die Gespenster sich in den Bannkreis des Lichtes nicht ge-
trauen, lassen die Bewohner zu diesen Zeiten das
Licht die ganze Nacht brennen. Aber im Dunkeln
treibt die Frau desto grösseren Spuk. Bald
schnurrt und surrt sie wie ein mächtiges Rad, bald
brüllt sie wie ein grauenhaftes Tier. Dem Kätz-

chen, das auf Schleichpfaden geht, stellt sie sich
entgegen. Dann heult's und zetert's durch die
Nacht; in seinem Jammer findet das Tierchen
Töne, die noch niemand von ihm gehört – und
am Morgen ist es blind, an allen Gliedern geschlagen.

Ein unfreundliches Fraueli

Jedesmal, wenn das Wetter ändert, zeigt sich
in einem Hause der innern Stadt ein altes
Fraueli, das kaum so gross wie ein neunjähriges
Kind ist und ein Häubchen trägt, wie alte Frauen
sie früher getragen. Mit Vorliebe macht es sich
beim Feuerherd zu schaffen. Bald schreitet es
über den Estrich, bald ist es im Keller zu sehen;
dann wieder schreckt es die Schläfer aus ihrem
ersten Schlafe auf, weil es durch die Schlafkam-
mer geht und die Bretter unter sich krachen
macht. Besonders gern zeigt es sich den Kindern.
Wehe aber, wenn jemand ihm den Weg zu vertre-
ten sucht, und sei es auch, ohne es zu wollen.
Mit aller Kraft hält es ihm die Haustüre zu, so
dass selbst ein starker Mann sie nicht zu öffnen
vermag. Fauchend wie eine wilde Katze springt
es ihm ins Gesicht, fährt ihm mit allen Fingern
über die Wangen, pustet ihn an, dass ihm der
Kopf geschwollen wird.

Das Haus, in dem es spukt, gehörte zu einem

Ein unfreundliches Fraueli

Kloster. Das Fraueli hätte die Küche besorgen sollen, wird erzählt. Was aber treibt es immer wieder aus seinem Grabe heraus und lässt es nie zur Ruhe kommen? Ein Kindsmord, behaupten die einen, Veruntreuungen, die andern. Man hat es schon niesen hören, aber keiner noch hatte den Mut, ihm Gesundheit zu wünschen, womit der Bann von ihm gewichen und es zur Ruhe gekommen wäre. Es hatte auch noch keiner die Kraft, die Fragen an das kleine Gespenst zu richten, die man sonst für Gespenster bereit hat:

«Was habt Ihr getan, dass Ihr nicht am richtigen Orte seid?»

Worauf dann das Gespenst weit ausholend zu erzählen beginnt und ein schmerzliches Stöhnen anhebt. Um dieses zu Ende zu bringen, fragt man alsdann:

«Wie war Euch, als Leib und Seele auseinandergingen?»

Die Frage ist furchtbar, und der Geist bricht alsdann in ein grässliches Schreien aus. Dies erlöse ihn von seinem Banne, behaupten die einen, und er hätte inskünftig seine Grabesruh'. Als eine Pein, die man dem Gequälten zufügt, fassen andere diese Frage auf und unterlassen sie aus diesem Grund.

Streitendes Paar

So jemand gestorben ist, ohne sich mit seinem Feinde auszusöhnen, so jemand einen Groll ins Grab mitnimmt, so findet er in seinem Grabe keine Ruhe, sondern muss ihm immer und immer wieder entsteigen und an den Ort zurückkehren, an dem er zum letzten Male sich gezankt.

Eine Frau wusch noch nachts elf Uhr ihre Wäsche am grossen Brunnen an der Schütte, als sich plötzlich eine in die Mauer eingelassene eiserne Türe in ihren rostigen Angeln drehte und ein tiefer Gang in der Mauer sichtbar ward. Heraus traten ein junger Herr in Kniehosen und seidenen Strümpfen, mit Zweispitz und Degen, und eine junge Dame in kostbarem Rokokokleid, mit einem federgeschmückten, grossen Hut, unter dem zierliche, graue Locken bis auf die Schultern hinunterfielen. Sie blieben beide stehen und schauten einander an. Da brach der Herr plötzlich das Schweigen. Die heftigsten Vorwürfe schleuderte er der Dame ins Gesicht. «Ruhig,» rief die mit schriller Stimme, «ich will jetzt endlich einmal nichts von allem mehr hören!» und stampfte zornig mit den Stöckelschuhen auf, während eine dunkle Röte ihre jungen Züge färbte. Und dann brach eine Flut von leidenschaftlichen Worten über ihre rotgefärbten Lippen. Der Herr erwiderte halb deutsch, halb französisch. Sie ballt die kleinen Fäuste – er greift nach seinem Degen.

Die Waschfrau schreit entsetzt auf: «Das gibt ja Mord und Totschlag!»

Da schlägt vom nahen Turm die Uhr langsam, deutlich zwölf. Ein dunkler Schatten gleitet auf die beiden hernieder, hüllt sie in ein tiefes Schwarz. Noch das Zuklappen der eisernen Türe, dann kein Laut mehr. Alles ist wieder wie zuvor. Zitternd und bebend rafft die Wäscherin ihre Wäsche wieder zusammen und wankt die Treppe hinauf, der Brunngasse zu.

Wer sonntags arbeitet...

Es war einmal ein Schneider, der arbeitete Sonntag und Werktag und vernachlässigte darob seine Seele. Er starb noch in jungen Jahren und hatte kein Geld, wiewohl er so viel gearbeitet hatte. Wer sonntags arbeitet, schafft zwei Tage der Woche umsonst. Wiewohl des Schneiders Leib schon lange verwest sein mag, kehrt er doch stets wieder in die Wohnung zurück und, von der Arbeit noch nicht erlöst, rollt er die ganze Nacht Fadenspulen auf dem Boden hin und her. Von Zeit zu Zeit reisst er das Fenster auf, um Luft zu schöpfen. Die aber, welche unten wohnen, verzweifeln fast ob dem Geräusch der herumkollernden Fadenrollen.

Der Goldschmied in der Matte

In der Matte wohnte ein Goldschmied; ältere Leute kannten ihn noch. Eines Abends blieb er ungewöhnlich lange fort. Da ging seine Frau aus, ihn zu suchen. In seiner Werkstatt erblickte sie ein Licht, das kam ihr sonderbar vor. Lautlos schlich sie die Treppe hinauf und schaute verstohlen zu einem Türspalt hinein. Da sah sie einen Mann in weisser Halsbinde an einem Zeichentisch stehen und zeichnen. Mit sicherer Hand zog er Linien auf einen weissen Bogen, die sich zu Rosetten verschnörkelten, sich flohen, in wunderbaren Arabesken wieder zusammenfanden. Die Frau wollte eintreten, um den unbekannten, sonderbaren Mann, den sie vordem noch nie gesehen, näher zu beschauen. Die Türe aber hatte ein wenig geknarrt. Da zischte es leise auf. Ein kleines Wölkchen füllte den Raum – verschwunden war die Gestalt. Die Mattenbewohner kennen diesen Mann ganz gut. In stillen Nächten pflegt er durch das Fenster eines Zimmers, in dem ein Mann schläft, zu gleiten. Lautlos lässt er sich auf den Stuhl niederfallen und starrt, den Kopf in die Hand gestützt, vor sich hin. Kein Mensch hat je sein Gesicht gesehen. Das aber wissen alle, dass er einer der vielen Besucher des Inseli war, als dieses noch einen Lustgarten besass, und dass er dort beim Spiel die Früchte seiner jahrelangen Arbeit am Goldschmiedtisch verlor.

Vom Françaisbad

Wenn der Wind über die Wellen der Aare streicht, dann erheben sie alle, die in ihnen ein gewaltsames Ende gefunden haben, ihr düsteres Klagelied. Sie umheulen das Françaisbad, allwo sie ihr Geld verspielt, ihre Nächte durchtobt haben. Sie rufen den Namen der Französin, die aus diesem Bade eine Stätte des Lasters und des Verbrechens machte. Sie drohen die geheime Türe, durch die man sie verschwinden liess, den unterirdischen Gang, der ihren wehrlosen Körper bis weit hinaus in die Aare trieb, zu zersprengen, zu zerreissen. Adelige sind es, die mit ihren Herren zum Besuche der Stadt kamen und in diese Höhle durch schöne Frauen, durch Hoffnung auf reichen Gewinn verlockt wurden… aber auch viele Patriziersöhne und reiche Herren, die heute noch im Windesbrausen um ihr junges, gemordetes Leben klagen und weinen.

Sündige Frauen

Alle, die ein Leben der Lasterhaftigkeit führten, sind verdammt, auf die Stätte, an welcher sie vor ihrem Tode wirkten, zurückzukehren.

Mit schleppenden Schritten schreitet eine Frau über die hintere Treppe eines Hauses, um in dem

Zimmer, in dem sie wohnte, zu verschwinden. Ihre seidenen Schleppkleider mit den vielen Rüschen und Falbeln knistern, und der Mondenstrahl übergiesst ihr tizianrotes Haar mit einem leuchtenden Schein. Nicht viele vermochten einen Blick in ihr Antlitz zu tun; die aber, denen dies gelang, sind ergriffen von dem Ausdruck der Hoffnungslosigkeit, den das ruhelose Wandern in die Züge der sündigen Frau geprägt.

Von Zeit zu Zeit hebt auch in einem Hause an der Badgasse ein Raunen und Zischen an. Dann öffnen sich die Türen der Küchen und der Zimmer, in denen jedes der Mädchen ein Einzeldasein fristete. In weissen Schleiern, in weissen, wallenden Gewändern huschen alle herbei, fassen sich bei den Händen. Und nun beginnt der Reigen durch die weiten, hohen Korridore, über die breiten Treppen, über die Galerien, die den Hof umsäumen, von einem Stockwerk ins andere, hinauf und hinunter. Es gellt, es jauchzt, es schreit – da, plötzlich ein Pfiff, und verschwunden ist der Geisterspuk.

In andern Häusern, da Verstossene der menschlichen Gesellschaft ebenfalls ihr Wesen trieben, erscheint zeitweilig ein kleines Mädchen in langem, weissem Hemdchen, das ihm bis über die Füsschen fällt. Leise, sachte geht es die Treppe hinan, ohne eine der Stufen zu berühren. Wie ein Lüftchen verweht es, wenn ihr's zu greifen trachtet. Anderswo wiederum schläft von Zeit zu Zeit ein Mann auf einem Treppenabsatz. «Steht auf!»

herrschte ihn einer an und stiess ihn mit dem
Fusse. Und als der Schlafende sich nicht rührte,
zündete er ein Zündholz an und wollte ihm ins
Gesicht leuchten. Aber was war das? Dem Mann
fehlte ja der Kopf! «Scht», machte es plötzlich,
wie wenn ein Lichtlein verlöschen würde. Die
Treppe hinauf wand sich ein weisses Wölkchen.
Die Stelle aber, auf der der Mann gelegen, war
leer.

Opfer

In stillen Nächten, wenn der helle Glanz des
Mondes die übereinandergeschobenen Dä-
cher der alten Stadt versilbert, der Schatten der
Nydeggbrücke sich wie ein dunkles Band über
die glitzernde Aareflut legt, hört man zu gewissen
Zeiten einen verzweifelten Schrei: «So helf uns
Gott!» Dann einen Fall, dumpf und schwer, und
ein Aufspritzen des Wassers. Und hierauf wird es
stille.

Mutter und Tochter sind es, die seit bereits
hundert Jahren in dem aareumflossenen Friedhof
des Dörfchens Bremgarten ruhen und die es immer und immer wieder in den selbstgesuchten Tod
treibt.

Sie waren einst vielbewunderte Schönheiten.
Wenn sie auf der Promenade auf der Plattform
erschienen, dann war jedermann geblendet von

ihrem Äusseren und ihrem aristokratischen Benehmen. Woher sie kamen, wusste niemand recht; die einen sagten aus England, die andern aus irgendeinem andern nordischen Land.

Zusammen mit ihrem Stiefvater und Stiefgrossvater wohnten sie in dem grossen, von einem Garten umgebenen Gut. Im Spiel, mit Weibern hatte der sein Vermögen zerrüttet. Da kam er auf den Einfall, in den hohen schönen Räumen selber eine Spielhölle einzurichten, die ihm wieder einbringen sollte, was er verloren, und die ihm helfen würde, sich an der Menschheit zu rächen. Hiezu aber brauchte er reiche Leute, junge Leute, die des Lebens Geheimnisse mit vollen Zügen zu geniessen bereit waren. Die sollten ihm seine beiden Frauen verschaffen.

Von dem Garten des Hauses aus, der damals bis zur Aare führte, stürzten sich beide Frauen in die Wellen. Die trugen sie zur Stadt hinaus, bis nach Bremgarten, wo mitleidige Leute die beiden Leichen fanden. Den Stiefvater fand man tags darauf erschossen in seinem Spielsalon vor. Die Gäste waren in alle Windrichtungen verstoben.

«So helf uns Gott!» hatten die Frauen ausgerufen, als sie sich in die Fluten stürzten. «So helf uns Gott!» hört man immer noch in den stillen Nächten, wenn der bleiche Mondschein über den Aarewellen glitzert, durch die Winkel der alten Gassen streicht.

Gott abgeschworen…

Wenn die Kinder um sein ehemaliges Haus herumtollen, sich in übermütigem Spiel ergötzen, dann hält es ihn in seiner Grabesruhe nicht mehr, dann muss er heraus und sich an dem blühenden Leben grämen und ärgern. Die Kinder kennen den Soldaten mit dem breiten weissen Kreuz über der Brust, den leinenen Hosen, dem grauen Hütchen und dem lustigen Zöpfchen schon lange und fürchten sich nicht mehr vor ihm, obwohl er ihnen manchmal eine Handvoll Kieselsteine anwirft. Nur der Hund fletscht ihm noch immer die Zähne, wenn er ihn hinterm Haus hervorkommmen und in den Keller hinuntergehen sieht. Man hat auch schon seine Verfolgung aufgenommen, aber noch jedem blieb es unerklärlich, wie der Mann durch die festverriegelte Kellertüre spurlos verschwinden konnte.

Man weiss ganz gut, wer er ist und was ihn aus seinem Grabe hinaustreibt. Als er aus napoleonischem Dienste zurückkam, fand man einstmals einen Mann erschlagen in seinem Blute. Der Verdacht, ihn ermordet zu haben, fiel sogleich auf ihn. Man stellte ihn vor das Gericht, man liess ihn den Eid schwören. Mit erhobener Hand schwor er bei Gott und allem, was ihm heilig sei, von nichts zu wissen.

Gott abgeschworen – alles verloren! In alle Ewigkeit muss er wiederkommen – in Menschengestalt, weil er einmal den Meineid tat. Hätte er dreimal abgeschworen, so müsste er in Tiergestalt umherwandeln.

Der Lumpensammler

Einst war ein Lumpensammler, der ein Goldstück, das in den Lumpen steckte, für sich behielt. Wiewohl er schon lange gestorben ist, kommt er immer wieder in Gestalt eines Esels. An der Postgasse steht er still und schreit, dass das ganze Quartier von seiner Stimme widerhallt. Ein Mann wollte ihn einstmals suchen und ging in alle Höfe und Gassen. «Y-a!» tönte es stets wieder an einem andern Orte. Und als der Morgen über dem Turm der Nydeggkirche aufzusteigen begann, die Sonne in allen Winkeln zu leuchten sich anschickte, da hatte das Brüllen aufgehört – um in einer andern Nacht wieder zu ertönen, so schmerzlich und so jammervoll, dass es der, der es einmal gehört, nie mehr vergass.

Die Wohltäterin

Sie ist noch nicht lange gestorben. In der ganzen Stadt war sie als Wohltäterin bekannt, wiewohl sie selbst arm und dürftig lebte. Aber gerade ihrer Dürftigkeit wegen kamen ihr fast jeden Tag Spenden zu, deren Absender nicht genannt wurden. Mit diesen unterstützte sie die Armen.

Hat sie ihnen nicht alles gegeben? Durch das Haus, in dem sie wohnte, schlurft sie zeitweilig nachts zwölf Uhr herum. Die hohen Räume des ehemaligen Grafensitzes hallen von ihrem Tritte wider. Immer noch trägt sie das grosskarierte Kleid, das sie zu Lebzeiten jeden Tag getragen; auf der linken Seite hängt die Samttasche, die sie ebenfalls zu Lebzeiten besass, aber ihre Hände krampfen sich um den Verschluss. «Mich friert», jammert sie vor sich hin. Jedem, der in diesem Hause wohnt, erscheint sie. Der eine sieht sie auf der Treppe, der andere im Korridor beim Mondenschein. Und so willkommen manchem ihr Erscheinen bei ihren Lebzeiten war, so löst es heute, da sie ruhelos herumwandert, Entsetzen und Grauen aus.

Die Krankenschwester

Man wusste von jeher, dass das kleine Haus, das einige Schritte vom grossen Spital entfernt und von diesem aus nur durch einen Fussweg erreichbar war, ein Geheimnis barg; deswegen zögerte man immer, Kranke dort unterzubringen, wiewohl es aufs beste eingerichtet war, und Sonne

44

Der Lumpensammler

und Licht es umfluteten. Einstmals aber musste es doch benützt werden: Eine schwerkranke Frau wurde des Abends spät noch ins Spital gebracht, weil sie zu Hause keine Wartung finden konnte, und da das Krankenhaus überfüllt war, wurde sie, wiewohl nur zögernd, in das kleine Haus verbracht. Wenn es dann an die Türe klopfe, sagte der Arzt zu der Frau, bevor er sie verliess, dann möchte sie doch ja nicht «Herein!» rufen. Dann wurde der Kranken noch alles für die Nacht hergerichtet, und bald darauf verfiel sie in den tiefen Schlaf der vollständigen Erschöpfung.

Da schreckte sie plötzlich auf. Es hatte ganz deutlich geklopft. «Herein!» sagte die Frau schwach und noch halb im Schlaf, denn sie dachte im Augenblick nicht an die Weisung des Arztes.

Da öffnete sich die Tür, und herein trat geräuschlos eine Krankenschwester in schwarzem Gewand, das Gesicht durch eine über die Stirn fallende weisse Haube verdeckt. Sie trug eine Flasche, aus der sie schweigend ein Glas mit einer hellen Flüssigkeit füllte. Schweigend, ohne das Antlitz vom Boden zu heben, hielt sie es der kranken Frau hin. «Ich will nichts», brachte diese stöhnend hervor und rückte angsterfüllt an die Wand. Aber die Hand mit dem Glas folgte ihr nach und suchte energisch nach ihrem Mund. Die Frau wollte unter die Decke schlüpfen, aber die Krankenschwester stützte den Ellbogen darauf und hinderte sie daran. Da packte Verzweiflung die kranke Frau. Mit aller Kraft, die ihr noch zu Gebote stand, schlug sie der Krankenschwester das Glas aus der Hand, so dass dieses an die Wand fuhr und in tausend Stücke zerschellte.

Als die Nachtwache auf ihrer Runde zu der Kranken gelangte, fand sie diese in hohem Fieber und mit hochangeschwollenem Kopfe vor. Am andern Morgen wurde sie ins grosse Spital übergeführt. Man schloss die Läden des Hauses und riegelte die Türen fest zu. Kranke wurden keine mehr in das Häuschen gelegt, denn nun wusste man, dass die Krankenschwester, die an diesem einsamen Ort einst eine Kranke verdursten liess, noch immer wiederkehren müsse und noch immer nicht erlöst sei.

Die verweigerte Messe

in Handwerksbursche war den ganzen Tag gelaufen, ohne die Stadt vor Anbruch der Nacht erreichen zu können. Er suchte deshalb in einer kleinen Kapelle ausserhalb des Stadtringes einen Unterschlupf und war froh, die Nacht unter einem Dach verbringen zu können. Alles war still und ruhig, kein Mensch um den Weg. Sogar

die Fledermäuse schienen sich nicht aus ihren Schlupfwinkeln bewegen zu wollen. Nur auf dem Altar brannte ruhig ein kleines Licht. Der junge Mann schob seinen Wandersack unter den Kopf und schlief bald fest ein. Da schreckte er plötzlich auf. Eine laute Stimme hallte durch das Gewölbe, erfüllte den Raum, dass die Wände auseinanderzubersten drohten und das Licht auf dem Altar unruhig zu flackern begann. «Ist jemand hier?» rief die Stimme, und dann zum zweiten- und drittenmal: «Ist jemand hier?» Der Bursche wollte enteilen, doch etwas hielt ihn in der Kapelle zurück. Voller Scheu blickte er nach der Richtung, von der die Stimme kam, und da sah er auf dem Altar ein aufgeschlagenes Buch, das vorher noch nicht dagelegen hatte. Wie er genauer hinsah, konnte er eine Knochenhand erkennen, deren Zeigefinger auf einer Zeile der Buchseite lag. Und aus dem Dämmer hob sich nach und nach eine dunkle Priestergestalt hervor, deren Antlitz er nicht erschauen konnte. «Ich bin hier», sagte der Bursche schüchtern, «ich habe hier ein wenig geschlafen», und wollte sein Bündelchen vom Boden aufheben.

«Kannst du eine Messe lesen?» tönte es in ganz verändertem Tone vom Altar her. «Komm nur her, ich tue dir nichts.» Der Bursche ging zagend zum Altar vor und las aus dem Buche eine Messe, so gut er es eben konnte. Lautlos blieb der Priester an seiner Seite stehen. Von Zeit zu Zeit hob er die knöcherne Hand, um das Zeichen des

Kreuzes zu schlagen. Als der Bursche geendet hatte, sagte er mit bittender Stimme: «Bespritze mir die Hand mit Weihwasser!» Auch das tat der junge Mann. Da hob ein langer, tiefer Seufzer die Brust des sonderbaren Priesters, und wie zum Danke legte er die Hand auf die Schulter des Handwerksburschen. «Jetzt bin ich endlich erlöst», sagte er mit tiefer Stimme. «Hundert Jahre habe ich an diesen Ort zurückkommen müssen und habe im Grabe keine Ruhe gefunden. Denn einst ist eine arme Frau zu mir gekommen und hat mich gebeten, für ihr Kind eine Messe zu lesen. Ich habe dies verweigert, weil sie kein Geld bei sich hatte. Da ist sie nach Hause gegangen und hat die letzten sechzig Rappen, die sie noch hatte, geholt und sie mir übergeben wollen. Ich aber habe zu ihr gesagt und sie dabei ausgelacht: «Geh und schau, ob du einen andern findest, der um dieses Geld eine Messe liest!» Und seither musste ich jede Nacht selber jemand suchen, der dies, und zwar ohne Lohn, tut.

Von feurigen Wagen

Man hört sie hie und da rollen, nachts um zwölf, die feurigen Wagen mit den feuerschnaubenden Rossen. Wenn die Stadt im tiefsten Schlummer liegt, nur vereinzelt noch der Schritt eines Nachtwandlers durch die stillen Gassen hallt, dann erschallt im Innern der Erde, einem unterirdischen Donner gleich, ein Gebrause, das die Fundamente der Häuser erzittern lässt. Dann sausen sie daher, die im Leben auf Kosten der Armen in Üppigkeit und Pracht gelebt, unter der ganzen Stadt durch. Ihr Kutscher ist der Tod, und sie selbst sitzen im Flammenmeer ihres Wagens.

Die treulose Nonne

In einem Haus unten an der Treppe des Bubenbergraines, in dem einst fromme Frauen beteten, schleicht seit mehr als hundert Jahren eine schwarze Katze herum. Sie streicht durch die schmalen Korridore, über die Lauben, die sich vor den Zellen dahinziehen, verbirgt sich in den zahllosen Nischen und Schränken. «Ich will dich nicht, Büsi», sagte einst ein Mann, der das Tier um Mitternacht vor der Haustür fand. Da funkelten die Augen der Katze zornig auf. Ihr Leib wuchs, wuchs bis ins Unermessliche. Er drohte den Mann zu erdrücken. Da fiel der besinnungslos hin und wurde erst morgens schwerkrank aufgehoben. Einige Tage später wurde er zu Grabe getragen. «Die treulose Nonne hat ihn geschlagen», sagten die, welche um seine Krankheit wussten. Treulos, weil sie ihrem Gelübde nicht nachlebte. – Viele schon vor diesem Manne hatte dasselbe Los erreicht.

Die treulose Nonne

Das Schaltier

on Zeit zu Zeit, besonders in den heiligen Zeiten oder auch, wenn das Wetter ändert, hören die Bewohner der inneren Stadt das Brüllen eines Tieres durch die nächtliche Stille – ein grauenvolles, markerschütterndes Brüllen, das in ein langgezogenes, jammerndes Röcheln übergeht und sich den Häuserreihen entlang zieht, als wollte es das Entsetzen und das Grauen eines jeden, der zu dieser Stunde im weichen Pfühl liegt oder im behaglichen Zimmer sitzt, aufpeitschen und ihn so an eine Unterlassungssünde mahnen. «Das Schaltier geht um», heisst es dann. «Ist er denn noch immer nicht erlöst?»

Nein, er ist noch immer nicht erlöst, der ruchlose Metzgerbursche, der ein ihm zum Schlachten übergebenes Kalb langsam zu Tode marterte, indem er ihm bei lebendigem Leibe die Haut abzog. Zur Strafe dafür musste er die Gestalt des armen Tieres annehmen, in der er nun seit Jahrhunderten nachts die Stadt durchstreift. Von der alten Schal aus rennt er durch die Metzgergasse hinauf in die obere Stadt bis zur Bundesgasse, von wo aus er den Weg wiederum durch die innere Stadt nimmt, um zum Ausgangspunkt zurückzukehren. In seiner tollen Hast, die ihn weder links noch rechts schauen, ihn alle Hindernisse überrennen lässt, macht er den Eindruck eines körperlich masslos Gepeinigten. Leute, die in heiligen Zeiten geboren sind, sehen das Gespenst zuweilen. Und sie sagen, dass es mit jedemmal ungeheuerlichere, schreckenerregendere Formen annehme und sein Geschrei schon lange nicht mehr dem eines Kalbes gleich töne.

Die Ehebrecherin

Es gibt ein Haus in der inneren Stadt, an dem die Leute nur mit scheuen Blicken vorübergehen. Einst war es der Wohnsitz eines Junkers, schon lange aber ist es zu einem Miethaus hinuntergesunken. Doch das Bewohnen der Räume, die stets noch herrschaftliches Gepräge tragen, wird jedem zur Pein. Was geht drin vor? Man spricht nicht gern davon. Des Nachts kommt es hervor und streicht durch die Räume, und wo es geht, da zieht ein kalter Hauch durch die Luft; und wenn jemand angstvoll im Bett aufsitzt, dann streicht es wie eine kalte Hand über ihn weg. Und durch das ganze Haus tönt ein leises Klagen. Man hat sich ihm schon entgegengestellt, aber als etwas Ungreifbares, Wesenloses strich es über jeden weg, und seine Klagen erschollen nur noch lauter.

Und als man einst Pferde in den Stall, der sich in einem Teil des Hauses befand, stellte, da rissen sich die von der Koppel los und waren nicht mehr zu beruhigen. War es die schwarze Frau, die man in dieses Haus gehen sieht und die man im Mondenschein ganz deutlich erkennen kann? Sie trägt das Kleid einer Edeldame aus dem vorletzten Jahrhundert. Gepuderte Locken fallen aus hochgestecktem Knoten auf die Schultern herab. Unter ihrem Kleidersaum aber sind keine Füsse sichtbar. Sie kommt, blassen Angesichtes, mit geschlossenen Augen. Geräuschlos öffnet sich das Tor vor ihr; geräuschlos tritt sie ein. Ein Bürger warf ihr einst ein Scheit Holz entgegen; da erstarrte ihm plötzlich der Arm, und er konnte ihn lange nicht mehr brauchen.

Wer ist sie? Ihr Stamm, ihr Name sind unbekannt.

Aber dass sie die eheliche Treue gebrochen und, von ihrem Banne noch nicht erlöst, immer wieder an den Ort ihres Vergehens zurückkehren muss, das weiss jedermann.

Die Ehebrecherin

Die Giftmischerin

n stillen Mondnächten steht sie unbeweglich auf der Terrasse ihres Hauses am Bubenbergrain und starrt in die silberübergossenen Gärten hinaus. Noch immer verleiht der gelbe Schwefelhut ihrem Gesichte einen eigenen Reiz; die kostbaren Ketten ihrer Tracht blitzen hell im Mondenlicht. Mit ihren schönen Armen lehnt sie auf dem Fleck, auf dem sie ihrem Gatten und ihrem Sohne einst den Gifttrank bereitete. Denn sie hatten beide von dem Ehebruch der Gattin und Mutter erfahren, und deshalb mussten sie sterben! Sie aber findet in Ewigkeit keine Ruh'.

Der Mutter Sünde

In einem Hause der Brunngasse wollte ein junger Mann, allen Warnungen zum Trotz, in einer Dachkammer schlafen. Es ging gegen Mitternacht, als plötzlich sich das Gebälk zu öffnen schien. Ein heller Lichtstrahl drang in die schwarze Kammer, und in ihm erschien ein verhutzeltes Weib, auf einen Krückstock gelehnt, mit einer Tracht bekleidet, wie man sie vor zweihundert Jahren trug. Das schaute den Schläfer lange, lange an und erhob dann drohend seine Hand. Erschreckt strich der ein Zündholz an. Ein Krach – die Gestalt verschwand. Alles war dunkel wie zuvor. Lange noch wälzte sich der Mann auf dem Lager herum. Was hatte er dieser Frau getan, dass sie ihm erschien und ihn erschreckte?

Da fiel ihm ein, was eine alte Frau ihm erzählte: So jemand eine Mutter hatte, die gegen die Gesetze der Sitte und des Anstandes verstiess, der ist vor dem Gespenst dieses Hauses nicht sicher.

Ein Mädchen kam abends von der Arbeit heim, da musste es plötzlich auf dem Wege zur Treppe stille stehen. Wie auf den Fleck gebannt war es, weder vor- noch rückwärts konnte es sich bewegen, und es dauerte lange, bis der Bann brach. Auch auf ihm ruht die Sünde seiner Mutter.

Unglückliche Mutter

Wenn um die Jahreswende im Münster die Glocken zu läuten beginnen, dann entsteigt eine arme Seele ihrem Grabe: eine junge Frau in langwallendem Gewand, das Gesicht von einem breiten, unter dem Kinn mit Bändern gebundenen Hut beschattet. Sie steigt die Treppen des Hauses in der Schifflaube, in dem sie gewohnt, hinan. Auf dem Estrich steht sie sinnend stets an der gleichen Stelle still. Und wenn der letzte Glockenton verhallt ist, dann geht sie wieder fort, lautlos, wie sie gekommen ist. Sorgsam schliesst sie die Türen hinter sich zu. Ohne sich umzusehen, wandelt sie den Häusern entlang, den Weg gegen die Gärten hinauf, um dann auf einmal wie ein Nebelgebilde sich aufzulösen.

An der Stelle, zu der es sie immer wieder zieht, hat sie einst ihr Kind gemordet, heimlich, ohne dass jemand es je erfuhr.

Mutter und Tochter

Es ist schon lange her, da liebte eine Frau einen Rittersmann. Der aber hatte Zuneigung zu ihr und ihrer Tochter gefasst. Die Tochter zu heiraten, war sein Wille. Die aber gewahrte, dass er dies nur tun wolle, um gleichzeitig auch die Mutter zu besitzen. Deshalb weigerte sie sich und brach jeden Verkehr mit dem Mann ab. Die Mutter aber entschloss sich, ihre Tochter zu töten. Sie sperrte sie in einen Keller ein, aus dem das Mädchen entschwand – wohin und wie, hat nie jemand erfahren.

Von Zeit zu Zeit öffnen sich sämtliche Türen des Hauses mit lautem Krach. Aus den Kästen heraus, aus den Zimmertüren stürmt es und fährt durch das ganze Haus, die Treppen hinauf und die Treppen hinunter. Und lautes Klagen und Schluchzen erfüllt die Räume.

Dann sagen die Nachbarn: «Sie sucht wieder einmal ihre Tochter.» Und wiewohl einige hundert Jahre über die Tragödie dahingegangen sind, hat die unglückliche Frau noch keine Ruhe gefunden und kommt immer wieder an den Ort ihrer Tat und ihres Jammers zurück.

Die Kindsmörderin

om Kloster in der Matte steht noch das Gemäuer des Klostergartens, von einer Tür unterbrochen. In gewissen Nächten steigt eine junge, schlanke Frau die Treppe hinan, mit einem Kind an der Hand. Sie scheint zu schweben. Mit der freien Hand rafft sie das faltige, weisse, langschleppende Kleid. Lautlos, langsam schreitet sie einher. Auch das Kind trägt ein Kleidchen, das so lange ist, dass es die Füsschen verdeckt und im Herabwallen die alten Stufen berührt. Lautlos steigen sie beide die Treppe hinauf, um in der Tür der Gartenmauer zu verschwinden. Da plötzlich, an einem bestimmten Punkt, bleibt die Mutter stehen und betrachtet lange ihr Kind. Und dann geschieht etwas Grauenhaftes. Sie packt es am Köpfchen und dreht dieses langsam auf dem Halse herum. Ein verzweifelter Schrei – ein Fall! Was aber zeigt sich dem entsetzten Blick? Keine noch so leise Spur des furchtbaren Verbrechens. Still, wie sie vordem gewesen, liegt die Strasse da. Vielleicht huscht eine Fledermaus durch die Laube, vielleicht kräht gerade der Hahn an der nahen Zeitglockenuhr.

Wer ist die Mörderin? Die Tochter eines Edlen, die verdammt ist, ihre Untat, mit der sie das Geheimnis ihres Lebens beseitigte, immer und immer wieder zu begehen.

Die geheimnisvolle Schmiede

Nur noch alte Leute können sich aus den Erzählungen ihrer Väter erinnern, dass in der Nähe des Bundeshauses, da, wo jetzt geschlossene Häuserreihen die Strassen begrenzen, eine grosse Schmiede stand. Von jeher wurde allerlei über sie gemunkelt, und es gab gewisse Zeiten im Jahr, da man sich scheute, an ihr vorüberzugehen, und wenn die Feuerwärme noch so heimelig die Winterkälte durchdrang und den Schnee vor ihren Toren rötete und die Hammerschläge noch

Die Kindsmörderin

so fröhlich durch die Gassen schallten. Weder die Gesellen noch die Nachbarn kannten das Geheimnis, das sie umgab. Von Zeit zu Zeit lief die Kunde, es habe einer, der an der Schmiede vorübergelaufen sei, einen geschwollenen Kopf davongetragen, der ihn nun längere Zeit ins Bett bannen werde. Und viele wollten zeitweilig aus der Tiefe der Werkstatt ein herzzerreissendes Geschrei vernommen haben.

Es kam die Zeit, da man sich endlich entschliessen musste, das alte, zerfallende Haus niederzulegen und die Schmiede in eine andere, weniger rasch sich bevölkernde Gegend zu verlegen. Was half's, dass Alte, Bedächtige ihre warnende Stimme erhoben? Nur schwer fand man Männer, die sich an die Arbeit des Abreissens machten, und schwer war es, die, welche sich dazu entschlossen hatten, bei der Arbeit zu halten. Es war, als hätte ein Bann jeden gepackt, der seine Hand an ein Werkzeug legte. Und je näher die Abbrucharbeiten dem Fundament kamen, desto langsamer gingen sie vonstatten.

Man machte sich daran, einige Steinplatten vom Keller zu heben. Da prallten alle zurück. Was war zu sehen?

Nebeneinander, übereinander lagen eine Menge Kinderknochen und Kinderschädel, halb angebrannt, teilweise in Staub zerfallen, Und aus der Tiefe klang ein langgezogener Wehlaut. Wer hatte das Verbrechen an diesen wehrlosen, armen Geschöpfen begangen? Wo waren die Mütter, die

sie, kaum geboren, dem Feuertode im Schmiede-
ofen ausgeliefert hatten?

Man sammelte die Reste, die beim Eindringen
der Luft nicht gänzlich zu Staub zerfallen waren,
sorgfältig und begrub sie in einem Friedhof. Und
mit dem neuen Heim, das an Stelle der alten
Schmiede erstand, wich auch das Grauen von
diesem Ort.

Ein schauerlicher Leichenzug

Es ist noch nicht lange her, da kam eine Bügle-
rin nachts zwölf Uhr heim von ihrer Stör und
erblickte an der Fricktreppe einen Leichenzug.
Voran schritt ein Polizist und führte den Zug an.
Sechs Träger trugen einen schwarzen Sarg. Hinter
diesem schritten vier Kinder mit furchtbar ver-
stümmelten Köpfen, und ihnen folgte ein endlo-
ser Zug verkrüppelter Zwerge. Stumm schritten
sie einher. Der Zug wollte nicht enden. Immer
noch mehr Krüppel, noch mehr verstümmelte
Zwerge. Ein Grauen erfasste das Mädchen. Mit
einem lauten Schrei stürzte es zu Boden, und
monatelang wand es sich in heftigem Fieber.

Schon unsere Urahnen haben den Leichenzug
des öftern gesehen.

Der Kindlifresserbrunnen

u nächtlicher Stunde, wenn kein Schritt die Stille der schlafenden Häuserreihen mehr unterbricht, kein neugieriges Auge die Schatten der Nacht mehr stört, beginnt der Boden des Kornhausplatzes zu leben. Zwischen den Steinen heraus quillt ein feiner, weisser Nebel, breitet sich sachte, leise über den Boden, fängt an zu wallen, zu wogen, ballt sich zu winzigen Wolkengebilden ineinander, zerfliesst wieder in einen dünnen Schleier. Und nach und nach entsteigen ihm kleine, menschliche Gestalten in wallenden weissen Kleidchen. Gleich weissen Schmetterlingen flattern sie auf und nieder, setzen sich bald auf diesen, bald auf jenen Punkt, suchen in neckischem Spiel sich zu erhaschen, sich zu fliehen. Und der Mond, der unbeweglich, klar und voll am dunklen Horizonte über dem Platze steht, beobachtet ihr Spiel, als wollte er es vor Neugierigen behüten.

Die Kinder der Mönche und Nonnen sind es, die, kaum geboren, in einen der unterirdischen Gänge des Kornhausplatzes geworfen wurden, damit die Wogen der Aare sie aufnehmen und weit forttragen sollten. An der Stelle aber, wo die sündhaften Ordensbrüder und -schwestern in einem unterirdischen Gange sich trafen, da steht der Kindlifresserbrunnen. Anklagend ist er der Gegend zugewendet, in der das Kloster stand, das diese sündhaften Mönche beherbergte.

Sündige Nonnen

Die eiserne Türe des Rathauses, die wohl einstens einen Ausgang gegen die Schipfe zu schaffte, heute aber so fest geschlossen in ihren verrosteten Angeln ruht, dass keine noch so starke Hand sie öffnen kann, birgt ein seltsames Geheimnis. Des Nachts, wenn alles ruhig ist und man nur das Rauschen der vorüberziehenden Aarewogen vernimmt, öffnet sie sich leise, und aus ihr tritt eine Schar schwarzgekleideter Nonnen hervor. Zur selben Zeit hört man auf einmal einen Brunnen hell in die Nacht hinein plätschern. Eine Nische hat sich in der Mauer geöffnet, und in ihr gewahrt man einen Brunnen, dessen Röhre unentwegt, als würde sie dies schon von jeher tun, einen dicken Wasserstrahl in den tiefen, hochgefüllten Trog hineinspeit.

Und in der sternenklaren Nacht hebt nunmehr ein seltsames Schauspiel an. Ohne den Blick zu erheben, schreiten die Nonnen zum Brunnen hin, eine um die andere. Der Mondschein lässt die schleierumwallten Gestalten noch gespenstischer erscheinen. Bei dem Brunnentroge machen sie Halt. Mit glanzlosen Augen, ohne einen Laut über ihre Lippen zu bringen, starren sie in das Wasser hinein. Und was erscheint ihnen dort auf dem kalten Wassergrund, nur von den leichten Kreisen der Wasserfläche überzogen? Eine Menge kleiner, toter Kinderkörperchen, die die sündigen Nonnen in frevler Tat im Brunnen versenkt hatten.

Es schlägt zwölf Uhr. Eine Fledermaus schreckt in dem alten Gebälk der Nische auf, stösst mit dem Kopf an die Scheiben der Laterne, die den Raum mit gespenstischem Licht erhellt. Da entsteht Verwirrung unter den Nonnen. In schreckensvoller Hast eilen sie der Pforte zu, die sie eben herausgelassen. Eine Sekunde – und ihr Dunkel hat sie wohltätig wieder aufgenommen.

Spieler

Es war um die Neujahrszeit herum, da legte eine arme Wäscherin Wäsche in die Tröge ein, um sie am folgenden Tage zu waschen. Da hörte sie ein Geräusch, und wie sie aufblickte, gewahrte sie zu ihrem masslosen Erstaunen zwei geharnischte Ritter. «Sei still», sagten die zu ihr, «sonst bist du des Todes. Weisst du denn nicht, dass man um diese Zeit keine grössere Arbeit verrichten darf? Bleib hier, aber schweig über das, was du

Sündige Nonnen

nun sehen wirst.» Nach diesen Worten nahmen sie an einem Tische Platz. Die arme Frau fing an zu weinen. «Meine Herren», sagte sie zu den Rittern, «was soll ich denn tun? Meine Kinder haben nichts zu essen, wenn ich nicht arbeite.» Da nahm der eine von ihnen sie an der Hand und führte sie in eine Ecke. «Komm morgen gegen Abend hieher», sagte er zu der Frau, «dann wirst du am Boden einen Ring sehen. Den nimm in die Hand und ziehe dran, und ein Deckel wird sich öffnen. Unter diesem liegt dann dein Lohn, den du für dein Schweigen empfängst. Aber wehe dir, wenn du plauderst!»

Dann setzte er sich wieder an den Tisch, zog ein Kartenspiel heraus, und beide fingen an, Karten zu spielen. Und wie sie am Spielen waren, öffnete sich eine Türe, und herein trat eine schöne, junge Dame. Sie schritt dem Fenster zu, setzte sich auf einen Stuhl und fing an, in einem Buche zu lesen. Das Kartenspiel ging immer weiter; sie las immerfort. Kein Wort wurde gewechselt und auch kein Blick. Es mochten etwa zwei Stunden verflossen sein, da legte plötzlich einer der Spieler die Karten auf den Tisch. «Verloren», knirschte der andere und sprang auf. Der erste wurde totenbleich. Und nun sah die Wäscherin zu ihrem namenlosen Entsetzen, wie sich beide der schönen Dame näherten. Die Sinne drohten sie zu verlassen, denn auf einmal packten die Ritter die Dame. Ein furchtbarer Schrei – auf der Strasse ein dumpfer Fall. Sie hatten sie zum Fenster hinausgestürzt. Die Wäscherin eilte zum Fenster – nur schwarze Leere gähnte herauf. Alles blieb still, und auch die Ritter waren verschwunden. Da wurde ihr das Schreckliche klar – um das Leben der schönen Frau hatten sie gespielt!

Als die Wäscherin sich am nächstfolgenden Tage einstellte, so wie der Ritter ihr befohlen hatte, da fand sie unter dem Deckel ein Säckchen goldener Münzen.

Gattenmörder

Ein Metzger hatte einst seine Frau erstochen. Noch immer findet er keine Ruh' und Rast. In gewissen Zeiten erscheint er in einer Kammer seines Hauses an der Nydegghalde. Eine seiner Töchter schlief einst darin. Da erwachte sie plötzlich, denn vor ihrem Bette stand eine weisse Gestalt. In ihrer Hand blitzte ein Messer; stets in der gleichen Bewegung fuhr der Arm hin und her, als wollte er mit der Klinge etwas durchschneiden. «Vater!» schrie das Mädchen auf. Da verliessen es seine Sinne. Und am Morgen fand man es mit hohem Fieber in seinem Bett.

Der Selbstmörder

In einem Hause der Badgasse geht es zu gewissen Zeiten um. In ihm wohnte ein hübsches Mädchen, armer Leute Kind, zu dem ein Patrizier Zuneigung gefasst hatte. Mit dieser Zuneigung war Wohlergehen ins Haus eingezogen. Es kam aber der Tag, da der Patrizier sich von dem Mädchen abwandte und die Armut in das bescheidene Haus wieder einzuziehen drohte. Das ertrug der Vater nicht. Er verschwand. Und als Fischer einst ihre Netze in der Aare auswarfen, da fanden sie seine Leiche.

Wenn alles im Hause still ist, alles zu schlafen scheint, dann vernimmt man ein Schleifen durch den Korridor, die Treppe hinan. Dann geht's auf dem Estrich los: ein Stöhnen und Keuchen. Der Deckel einer alten Truhe geht auf, fällt polternd wieder zu. Dann wissen die Leute: der Alte ist wieder da. Er besucht sein Haus, wiewohl seine Frau und seine Tochter längst gestorben sind. Den Stein, an den er sich gebunden, damit ihn die Wasser nicht mehr freiliessen, trägt er in der Hand. Den Strick, mit dem er sich festgeknüpft, legt er wieder in die Truhe hinein.

«Bist wieder da?» rief einst vorwitzig ein junger Bursche. Da fuhr ihm eine eisige Hand übers Gesicht, und ein eisigkalter Schauer liess seine Glieder wie im Tode erstarren.

Von unterirdischen Gängen

Hat man nicht schon viel von den unterirdischen Gängen gehört, die aus den Häusern der Altstadt zur Aare hinunterführten? In ihnen spielte sich manche Tragödie ab: die der verführten Mädchen, die durch sie hindurch in die Fluten der Aare geführt, die der unliebsamen Personen, die in die Gänge eingesperrt und so ohne Gericht beseitigt wurden.

Ein Herrensohn hatte das Dienstmädchen seiner Eltern verführt. Davon durften die Eltern nichts wissen. So trachtete er nach dem Tode des jungen Geschöpfes. Wann die Küche abends aufgeräumt sei, wollte er von der Köchin erfahren. Die aber ahnte Böses und versteckte sich in einem Kasten, in dem die Besen hingen.

Es war ganz stille ringsherum, da hörte sie den jungen Herrn in die Küche kommen, und bald darauf langte auch das Dienstmädchen an. Die Köchin horchte auf und hörte die zärtlichsten Liebesworte. «Schau mal,» sagte der junge Mann zu dem Mädchen, «was wird denn wohl in diesem Kasten sein?» und öffnete dabei den Kasten, der neben dem der Köchin war. Bis jetzt blieb er stets verschlossen, und niemand noch hatte gewagt, ihn zu öffnen. «Ein Bild!» rief das junge Mädchen aus. «Ist das aber schön!» «Schau es nur näher an», sagte der junge Mann. Da plötzlich – ein Schrei! Die Kastentüre fliegt zu! Dann ein dumpfes Gepolter, wie von einem Fall in einen tiefen Schacht. Und hierauf Totenstille.

Beim Morgengrauen verliess die Köchin ihr Versteck, gelähmt vor Schreck. Sie hatte stets noch auf einen Laut gewartet; es ward aber keiner mehr getan. Sie wartete den ganzen Tag, ob das Mädchen wieder kommen werde. Sie wartete ihr ganzes Leben lang vergeblich.

In der Nacht, da dies geschehen war, trugen die Wellen der Aare den Leib der Unglücklichen fort. Der Kasten ist aber heute noch verschlossen. Nachts, mit dem Schlage zwölf, hebt im ganzen Hause herum ein Ächzen und Stöhnen an, dass dem, der es zum ersten Male hört, die Haare vor Grauen in die Höhe stehen.

Der Blutturm

eute umspielen die Wasser kosend den Blutturm, dessen Fuss tief im Aareboden verankert ist. Früher aber, wenn die hohen Eisklötze den Fluss hinunter sich wälzten, tosend übereinanderrollten und -stürzten, Brücken und Stege bedrohten, den Lauf des Wassers hemmen zu wollen schienen, dann schrie und brüllte es um den runden Turm herum. Dann ritten seine Toten auf den Eisklötzen bis zu ihm hin, und das Tosen des eisstarrenden Wellenganges wurde von ihrem Klagen über ihr heimlich gemordetes Leben übertönt.

Junge und Alte, Männer und Frauen, Jünglinge und Jungfrauen – sie alle finden sich wieder bei ihm ein. Sie alle, die den langen, finstern Gang, der von der Stadt aus zu ihm hinunterführte, hatten gehen müssen, um, ohne sich verteidigen zu können, oftmals ohne zu wissen warum, in der Dunkelheit der Nacht in die dumpfgurgelnden Aarewellen hinausgeworfen zu werden.

Man erzählt sich, dass in dem runden Turm nichts war auf dem Boden als ein grosser, runder Deckel mit einem Eisenring. War der Todeskandidat den unterirdischen Gang hindurch bis zu ihm hingeführt und geschleift worden, dann öffnete sich der Deckel, und auf seiner Innenseite wurde ein mit Blut geschriebener Spruch sichtbar: «Mensch, du musst sterben.» Und kaum hatte das Opfer ihn entziffert, so erhielt es auch sogleich einen Stoss von hinten, der es in die Tiefe, die der Deckel barg, hinunterstürzte. «Gnad mir Gott!» hatte es vielleicht noch rufen können. Dann vernahm man einen furchtbaren Schmerzensschrei. Hunderte von scharfen Messern hatten seinen Leib aufgefangen, der dann zerschnitten und zerschunden in die Aare stürzte. Noch lange schwamm ein breiter roter Streifen auf den Wellen des Flusses und vermengte sich erst viel weiter unten mit den übrigen Wassern.

Vergrabene Gespenster

In der alten Stadt besitzt ein Haus einen unterirdischen Gang, in dem alle die vergraben wurden, die während der paar Jahrhunderte seines Bestehens eine Untat vollführten. Und Untaten geschahen viele – die Leute erzählen sich nur davon, wenn keine Kinder in der Nähe sind. Zu gewissen Zeiten kommen die Geister aus ihrem Versteck hervor und huschen über die Galerien, die rings um den Hof laufen, dringen durch die verschlossenen Türen ein, hauchen überallhin ihren kalten, modrigen Odem und sind den Lebenden so aufdringlich, dass diese selbst am Tage keine Ruhe vor ihnen haben.

Ein junger Mann glaubte einst, seine Geschwister würden ihm einen Schabernack spielen – da waren es die Gespenster, die ihn an den Schultern rüttelten und schüttelten. Ein Kind konnte nachts gar nicht schlafen, weil sie ihm stets über das Gesicht huschten und ihm die Bettdecke wegrissen. Ein Fräulein sass die ganze Nacht mit Zahnschmerzen am Tische. Da liess sich an seiner Seite ein blondhaariges Mädchen nieder und betrachtete es mitleidsvoll. In dem Augenblick aber, da die Lebende die Tote an der Hand fassen wollte, war jene hinter dem Ofen verschwunden. Auch andern Bewohnern des Hauses zeigt sich die Blondhaarige öfters. Einst setzte sie sich auf den Stuhl, um einem kleinen Mädchen zu lauschen, das Klavier übte. Sie ist wohl nur eine aus jener Schar, die zeitweilig das ganze Haus durchfährt. Als Frauen einstmals nähend und plaudernd um den Tisch sassen, da strichen sie vorüber, plump und schwer auftretend, als hätten sie Filzpantoffeln an den Füssen. Wie viele Mieter haben sie schon aus dem Haus getrieben! Jedesmal aber, wenn einer auszieht, der es nicht mehr aushält, dann kennt ihr Zorn keine Grenzen. Dann tost und tobt es tagelang. Eine Frau blickte einst nochmals zu den Fenstern hinauf, hinter denen sie gewohnt – da drückte sich ein leichenblasses, fremdes Angesicht an die Scheiben. Im selben Augenblick empfand sie einen Schlag, darob ihr das Gesicht rot anschwoll.

Die eingemauerte Nonne

Als ein Mann einst den Mauern entlang ging, die ehemals ein Kloster bargen, erblickte er an einem der zerfallenen Fenster ein Antlitz. Verzweifelt, hilfesuchend spähte es zu ihm hin. Was wollte es? Der Mann trat in das Gebäude ein. Wer war das Geschöpf überhaupt? Nichts war zu sehen. Leer war die Stelle am Fenster; im ganzen Gebäude fand sich kein lebendes Wesen.

Die nächste Nacht zog es ihn wieder an den unheimlichen Ort. Da hörte er einen gewaltigen Lärm. Es tobte und toste in den Mauern und Wänden, als wären der Hölle Geister entfesselt, und dazwischen klagte und weinte eine weibliche Stimme. Der Mann holte Hilfe. Beide tasteten und klopften die Wände ab. An einer Stelle tönte es hohl und dumpf. Dort brachen die Männer einige Steine weg. Entsetzt fuhren sie zurück. Ein Skelett stand hier, mit dem Rücken an die Mauer gelehnt. Um das Haupt hingen die Fetzen eines schwarzen Gewandes, die zusammengekrampften knöchernen Finger umschlang ein Rosenkranz. Und noch im Tode redete das fleischlose Gesicht vom Entsetzen und Grauen der jungen Nonne, die lebendigen Leibes eingemauert worden war.

Die ungehorsame Tänzerin

Ein junges Mädchen kannte keine andere Leidenschaft, als von Ball zu Ball zu gehen, in der Hoffnung, doch endlich einen jungen Mann zu finden, der es heiraten würde. Eines Abends stand es wieder vor den Spiegel und schmückte sich zum Tanze. «Bleib doch zu Hause», sagte seine Mutter, die eben das Zimmer betrat, «denn du wirst auch heute keinen Mann finden.» «Und ich gehe dennoch!» rief das Mädchen aus und stampfte mit dem Fuss heftig auf. «Und sollte ich mit dem Teufel tanzen müssen.»

Kaum war die Tänzerin im Tanzsaal angelangt, so trat auch schon ein vornehm aussehender junger Mann auf sie zu und forderte sie in verbindlichen Worten zum Tanze auf. Die ganze Nacht durch gab er die Tochter nicht mehr frei, sondern tanzte jeden Tanz mit ihr. So schön passten die beiden zueinander und so vornehm nahmen sie sich aus, dass alles auf sie aufmerksam wurde und ihnen zuschaute, und schliesslich tanzte niemand mehr als sie. Da sagte auf einmal ein Herr zu den andern: «Schaut doch die Füsse dieses fremden Kavaliers; sie sind nicht wie die anderer Menschen.» Wie ein Lauffeuer verbreitete sich diese Kunde durch den Saal, und jedermann wollte sich selber davon überzeugen.

Hatte der Unbekannte diese Worte gehört? War es ihm peinlich, der Mittelpunkt der Aufmerksamkeit zu sein?

Ein Fenster im Saale stand weit offen. Als sich das tanzende Paar ihm näherte, geschah etwas Sonderbares. Der Tänzer straffte seinen Arm und hob seine Dame in die Luft. Auch er hob seinen Körper. Statt auf dem Boden tanzten beide im Leeren und tanzten immer höher hinauf und zum Fenter hinaus. Entsetzt suchten die Nächststehenden wenigstens das junge Mädchen an den Kleidern zurückzuhalten. Der Tänzer aber hielt seine

Tänzerin so fest, dass sie ihnen entrissen wurde. Zum Fenster hinaus, in die kalte, dunkle Nacht wirbelte das Paar. In kurzem war es den Blicken der übrigen verschwunden. Aber aus der Luft drang langsam verhallend ein bitteres Weinen.

Die Mutter des Mädchens wartet noch heute auf die Rückkehr der Unfolgsamen.

Aareüberfahrt

Die Lichter des Weihnachtsbaumes in der Fährmannsstube am Ramseyerloch waren bereits abgebrannt. Da gewahrte die Frau des Fährmanns einen dunklen Schatten jenseits der Aare, der mit den Armen winkte, als wollte er den Schiffer hinüberrufen. In dieser Zeit? Zu dieser Stunde? Gleich darauf vernahm man auch schon einen Ruf – drei-, viermal. Schweren Herzens band der Fährmann seinen Kahn los und fuhr hinüber. Wie er aber nach dem Gesichte des Mannes, der die Überfahrt begehrte, forschte, da sah er, dass ein dickes schwarzes Tuch seinen Kopf umhüllte. So, erklärte er ihm, würde er ihn gewiss nicht hinübersetzen. Da sprang der Geselle kurzweg in den Nachen und drückte dem Fährmann die Ruder in die Hand. Die Flut begann zu branden, als der Kahn über sie hinfuhr. Haushohe Wellen schienen die Häuser einreissen zu wollen. Und das Schiff tanzte, als wollte es jeden Augenblick umstürzen, sich in den Abgrund versenken. Dem Fährmann standen die Haare zu Berg. Noch nie hatte er eine solche Fahrt getan. Unbeweglich stand der verhüllte Mann vorn am Bug. Da warf der Fährmann seinen Stock nach ihm: «Du bist an alledem schuld!» Was war das? Eine Flamme zischte auf. Wie nach Schwefel begann es zu riechen. Wo aber war der Mann geblieben?

Die Frau des Fährmannes hatte vom Fenster aus schreckensvoll den Vorgängen zugeschaut. Sie sah, wie noch eine Zeitlang ein Lichtlein über einer hohen Welle tanzte. Plötzlich verschwand es im Gischt.

Hexenreigen

In der Postgasse war es, da entstand mitten auf der Strasse ein Staubwirbel bei hellem Tage, bei vollkommener Windesstille. Achtlos gingen die Leute daran vorüber, besorgt, vom Staub nichts zu erhaschen. Versteinert aber blieb ein Mann stehen. Sein Auge hatte mehr erschaut. Ein toller Reigen war's, den Hexen auf der Strasse tanzten. Ihr Haar war in die Höhe gekämmt, einer Haube gleich. Den zahnlosen Mund verzerrte ein gemeines Lachen. Hui! ging's im Kreise herum, in tollem Wirbel, dass die staubgrauen Fetzen flatterten. Und langsam erhob sich der Knäuel in einer Spirale. Ein tolles Pfeifen in der Luft, und fort war alles, im blauen Äther verschwunden.

Das sind die Frauen, die im Leben der Unzucht gelebt. Bis an den jüngsten Tag tanzen sie den Höllentanz, und kein Gebet, kein Segen vermag sie zu erlösen.

Das wilde Heer

Zwischen Weihnacht und Neujahr meidet jeder das Gebiet des Nägelibodens. Der Ritter Nägeli, dessen Harnisch zu Bern im Historischen Museum steht, wird um diese Zeit mit seinem Trosse wach. Dann geht ein Heulen und Sausen durch die Luft, das einem die Haare zu Berge stehen macht. Im Erdinnern ertönt ein Poltern, als stürzten Felsblöcke übereinander. Und plötzlich kommt es dahergelaufen mit Mann und Ross. Hui! rasen sie vorüber – zuvorderst der Ritter Nägeli mit seinem ungeheuerlich grossen Ross und hinter ihm eine ganze Schwadron Pferdeskelette, die auf ihrem hohlen Rücken Totengerippe tragen. Eine halbe Stunde währt das Grauen. Dann wird es in den Lüften wieder still. Mit feurigen Augen hätten sie ihn angeblickt, und eines der Gerippe hätte das Schwert nach ihm geschwungen, wusste lange Jahre nach der Begebenheit ein Mann zu erzählen, der das Unglück hatte, dem wilden Heere zu begegnen. Das Haar war ihm in dieser halben Stunde grau geworden, und das Entsetzen hatte ihm jahrelang die Sinne gelähmt.

Weisse Schafe – schwarze Schafe

In Nächten, da der Wind durch die Baumwipfel streicht, die Wellen der Aare sich mit Schaum krönen, geht's in einem Haus des Schwellenmätteli an ein Klopfen und Schlagen. Mit knöcherner Hand fährt es über Türen, Laden, Fenster, pocht den hölzernen Wänden entlang. «Herein!» rief einst ein unerschrockener Mann. Da wurde er jählings überrannt, und über seinen Leib stürzte eine Schar weisser und schwarzer Schafe mit Windeseile, lautlos, um im Dunkel der Nacht ebenso lautlos zu verschwinden.

Im Beinhaus

n einer Wirtsstube sassen einige Burschen beieinander und konnten sich mit Prahlen über ihren Mut nicht genug tun. Vor gar nichts, auch nicht vor dem Schrecklichsten, kamen sie zum Schluss, würden sie Angst empfinden. Ein Mann am Nebentisch, der alles mitangehört hatte, trat auf sie zu und fragte, ob einer von ihnen gewillt wäre, im Beinhaus auf dem Friedhof, allwo die Schädel der Toten aufbewahrt würden, einen Totenkopf zu holen. «Nichts leichter als das!» rief einer der Burschen aus und machte sich alsogleich auf den Weg.

Als er in das Beinhaus kam, sah er im Scheine eines Ewigen Lichtes eine ganze Menge Totenschädel auf Gestellen links und rechts aufgereiht. Es war noch nicht Mitternacht, und Totenstille herrschte in dem kleinen Raum. Kurz entschlossen streckte er die Hand nach einem der Totenschädel aus und wollte ihn packen. »Halt!» rief plötzlich eine furchtbare Stimme, so dass der Bursche vor Schreck fast umfiel. «Das ist mein Schädel!» Er dachte an sein Versprechen und an den Hohn, der ihn empfangen würde, wenn er ohne

Schädel ins Wirtshaus zurückkommen würde, und griff nach einen anderen Kopf. «Halt!» ertönte da eine noch viel schrecklichere Stimme. «Das ist mein Schädel!» Mehr mechanisch als bewusst, denn der Schrecken war ihm in die Glieder gefahren, griff der Busche nach einem dritten Schädel. «Halt!» schrillte es durch den Raum, dass die Gestelle zu krachen begannen und die Wände erzitterten. «Das ist mein Schädel!»

Da hielt es den jungen Burschen nicht mehr. Ausser sich vor Entsetzen und Grauen stürzte er zum Beinhaus hinaus, lief ins Wirtshaus zurück und langte totenblass, keines Lautes mehr mächtig, bei seinen wartenden Kameraden an. «Hast's nicht recht angestellt», lachte der Mann, der ihn zu diesem Abenteuer aufgefordert hatte. «Hättest es machen sollen wie jene junge Magd. ‹Was brauchst du zwei Köpfe›, hatte sie geantwortet, als jemand ihr das ‹Halt! Das ist mein Schädel!› entgegengeschmettert hatte, und war darauf unbehelligt mit dem Totenkopf zum Beinhaus hinausgegangen.»

Von einer armen Seele

Ein Rechenmacher kam vom Berner Markt, auf dem er all seine Waren verkauft hatte, zurück. Er verspürte eine solche Müdigkeit in den Gliedern, dass er sich gezwungen sah, in ein am

Wege liegendes Wirtshaus einzukehren und hinter einem Gläschen Rast zu halten. Die Wirtsstube war voll Leute, denn es wurde eine Versammlung abgehalten. Aber es fiel ihm auf, dass die Wirtin sich nicht zeigte, sondern die Bedienung der vielen Gäste ihren beiden Töchtern allein überliess. Als er sein Gläschen getrunken hatte, nahm er seinen Karren und trat seinen Heimweg wieder an. Einige hundert Schritte vom Wirtshaus entfernt übermannte ihn die Müdigkeit derart, dass er sich auf das Strassenbord hinlegte und in kurzem fest einschlief. Plötzlich wachte er auf; er hatte Schritte gehört. Nicht weit von sich sah er zwei Herren auf ihn zukommen, die eine mit einer Tracht bekleidete Frau in ihrer Mitte führten.

Als die drei bei ihm angekommen waren, herrschte der eine der Herren ihn an: «Was tust du hier?» Und noch bevor er sich verteidigen konnte, er hätte doch wohl das Recht, auf diesem Flecken Erde zu liegen, fuhr ihn der zweite an: «Mach, dass du fortkommst!» So bedrohlich klang die Stimme, dass der Rechenmacher sich dies nicht zweimal sagen liess, sondern sich schnell erhob, seinen Karren ergriff und sich davonmachen wollte.

Aber etwas zwang ihn, den Kopf nach der Stelle zu drehen, auf der er sich ausgeruht hatte. Er sah, wie die Herren die Frau auf den Platz führten. Da, ein leises Sausen. Die drei hoben sich in die Luft, immer höher und höher. In einer Spirale drehten sie sich hinauf, einander an der

Hand haltend. Dann verschwanden sie in einem zarten Wölkchen, in einem feinen Hauch.

Überwältigt von dem, was er gesehen, eilte der Rechenmacher ins Wirtshaus zurück. Seine Müdigkeit war ihm aus den Gliedern gefahren. Kaum hatte er sich gesetzt, da kam die ältere Tochter der Wirtin vom obern Stockwerk herunter und bat die Gäste, etwas ruhiger zu sein, da ihre Mutter im Sterben liege.

Dem Rechenmacher fiel ein, was seine Mutter zu erzählen pflegte: «Einige Zeit, bevor der Mensch stirbt, verlässt die Seele den Leib.»

Wer aber waren die beiden Herren, die die Wirtin geholt hatten?

Der Kiltgang

In der Nähe der Stadt Bern wohnte ein Mädchen, dessen Schönheit viel von sich reden machte. Es war so schön und so lieb, dass jeder, der es sah, von ihm ergriffen wurde und es nicht mehr aus den Sinnen lassen konnte. Es hielt sich jedoch von jedem Verkehr ferne.

Eines Tages entschlossen sich einige Burschen, in der Nacht zu ihm zu Kilt zu gehen. Die Nacht war schon ziemlich weit fortgeschritten, und dennoch brannte in der Kammer des Mädchens noch Licht. Ein Bursche hob sich auf die Zehen, um ins Fenster hineinschauen zu können. Da erschrak er über dem, was er drinnen sah. Die andern schauten ebenfalls hinein und konnten sich vor Verwunderung nicht fassen. Auf dem Bett lag das Mädchen totenblass. Jede Farbe war aus seinen Zügen gewichen, und kein Atemzug entrang sich seinem geschlossenen Munde. Und wie die Burschen noch immer auf das Bild, das sich ihnen bot, hinstarrten, kam etwas Schwarzes, Geschmeidiges daher, sprang mit einem Satz durch das Fenster in das Zimmer hinein und verschwand unter dem Bett des Mädchens. Eine schwarze Katze. Und nun färbten sich die Wangen der Schläferin auf einmal mit einem zarten Rot; ein Zucken ging über das vordem starre Antlitz, die Hände bewegten sich, ein langer, tiefer Seufzer hob die Brust.

Die Burschen schlichen so schnell sie konnten davon und mieden von da an jede schwarze Katze, die ihnen nachts begegnete.

Der unterirdische Schatz

Die unterirdischen Gänge der Stadt bergen einen Schatz; das weiss jedermann. Aber nicht jeder weiss, dass der Vater Nägeli den Schlüssel geben kann, der zu ihm führt. In der Nähe des Münzgrabens geht der Gang hinein, tief, tief unter die Erde, und wenn man eine Zeitlang seinen Wänden entlang getastet hat, dann

Der unterirdische Schatz

gewahrt man in der Ferne ein kleines, bläuliches Licht. Man geht auf den Schein zu – da versperrt einem plötzlich ein überlebensgrosser, fletschender Hund den Weg. Wenn man das Passwort kennt, dann lässt er einen durch. Und darf man seinen Weg fortsetzen, dann kommt man zu einem Tor, durch das ein lichtdurchfluteter Raum ein ganzes Strahlenmeer in den dunklen Gang hinaus sendet. Wenn man sich an das viele Licht gewöhnt hat, sieht man auf dem Boden der Gruft drei Säcke stehen. Aus denen muss man eine Handvoll Erde nehmen und hierauf den Ort sofort verlassen. Wehe dem, der das Schweigen nicht innehalten kann oder es nicht über sich bringt, noch einmal zurückzuschauen. Dem wandelt sich die Erde in seiner Hand zu Asche. Wer aber den Gang verlässt, so wie ihm befohlen wurde, hält am Ausgang in beiden Händen helles Gold.

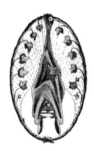

Die Welt der Geister
und Gespenster

Von Rudolf J. Ramseyer

Nach siebzig Jahren werden hier die «Gespenster-geschichten aus Bern» neu aufgelegt, und Lese-rinnen wie Leser werden uns zustimmen: Hedwig Correvon erzählt die rätselhaften Begegnungen zwischen den Bewohnern der Berner Altstadt und den scheinbar zeitlosen Gespenstern so einfühl-sam und lebendig nach, dass der Reiz des Uner-klärbaren auch die Menschen unserer Zeit so-gleich in seinen Bann zieht. Deshalb haben wir bloss Druckfehler und Irrtümer behoben, sonst aber am Inhalt der Texte und an den Illustrationen nichts geändert. Neu ist nur die Gruppierung der Geschichten nach verwandten Inhalten.

Die Sammlerin und Erzählerin
Hedwig Lotter-Schmidt zeichnete dieses Buch 1919 – wie ihre zahlreichen Aufsätze über Politik und Alltagsgeschehen – mit dem Mädchennamen der Mutter, deren Vorfahren ursprünglich wohl aus Correvon VD stammen. Sie wurde am 23. Februar 1876 in Galatz (Rumänien) als Kind eines Schweizer Kaufmanns geboren; in den achtziger Jahren kehrte die Familie Schmidt nach Zürich zurück. Als Hedwig erst siebenundzwanzigjährig war, verlor sie ihren Gatten, den Chemiker Moritz

Lotter; sie baute sich eine eigene Existenz auf, arbeitete eine Zeitlang bei einer Zürcher Bank und widmete sich der Erziehung ihrer drei Kinder. 1911 siedelte sie von Zürich nach Bern über. Hier gewann sie «das Ansehen einer tüchtigen, vielseitigen Journalistin, die für die Schweizer Frauen auf diesem Berufsgebiet Pionierarbeit leistete» (Robert Mächler, 1958). Dafür zeugt ebenfalls der mit anderen Persönlichkeiten gemeinsam herausgegebene Band «Leben und Wirken der Frauen in der Schweiz» (Zürich 1944). Auch praktisch sozial veranlagt, gründete und präsidierte sie den Berner Hausfrauenverein, schrieb 1934 das «Buch der Hauswirtschaft» und sorgte während der beiden Weltkriege wie in den Nachkriegsjahren tatkräftig für die Flüchtlinge in der Schweiz. Dafür erhielt sie einen Orden des ungarischen Roten Kreuzes. Sie war auch im politischen Journalismus tätig und veröffentlichte zahlreiche Aufklärungsartikel über kommunistische Umtriebe in der Schweiz. Am 23. Mai 1955 erlag Hedwig Lotter-Schmidt nach kurzer Krankheit einem Herzschlag. 1941 hat sie im 31. Jahrgang der Zeitschrift «Die Berner Woche», über mehrere Nummern verstreut, nochmals eine Sammlung von «Gespenstergeschichten aus Bern» ohne Illustrationen herausgegeben. Wir verdanken den Fund Roland Ris, Professor für Deutsche Sprache und Literatur an der ETH in Zürich. Diese Sammlung von 49 Geschichten soll später wenn möglich ebenfalls in Buchform erscheinen.

Der Illustrator

Hans Eggimann, Architekt, Maler und Graphiker, wurde am 29. September 1872 in Bern geboren. Er studierte Architektur und Malerei am Polytechnikum in Dresden, arbeitete 1896 mit an der architektonischen Ausgestaltung der Kornhausbrücke und ein Jahr später bei der Innendekoration des Parlamentsgebäudes. Von 1899 bis 1901 bildete er sich weiter in Architektur, Malerei und Graphik an der Ecole des Beaux-Arts in Paris und schloss seine Lehrjahre 1904 mit einer Studienreise nach Italien ab. Von 1905 an lebte er als freischaffender Künstler in Bern. Es entstand ein reiches Werk auf dem Gebiet der freien und der angewandten Graphik. Unverkennbar ist sein Hang zu Traumgeschichten, in denen er skurrile, groteske Figuren auftreten lässt. Doch die Zeitgenossen verkannten Hans Eggimann als bloss schrulligen Heimatkünstler und verspäteten Romantiker. Am 29. Mai 1929 ist er am Unverständnis der Öffentlichkeit seiner Kunst gegenüber innerlich zerbrochen. Hedwig Correvon hat ihm in der «Berner Woche» vom 22. Juni 1929 einen verständnisvollen Nachruf gewidmet. Aber auch sie, die ihn persönlich kannte, hebt darin vor allem den Hang zum Heiteren, Verspielten hervor. «Was aber echt Eggimann ist, das ist das lustige und sorglose Fabulieren. Überall tauchen seine Fabuliergestalten auf und persiflieren in liebenswürdigster Form irgend eine menschliche Schwäche oder einen Chraktermangel. Wer hat nicht schon den Paragraphenmenschen mit dem obligaten Zopf in irgend einer Amtsstube hängen sehen, wer nicht den Arzt, der den Tod am Kragen packt. (...) Aber das Reizendste sind entschieden die Elfchen und tanzenden Figürchen, die im Mondenschein, in der Sommerschwüle über einem Flusse hüpfen...»

Unsere Zeit nimmt Hans Eggimanns Aussage ernster. Walter Loosli stellt ihn in die Nähe von Johann Heinrich Füssli und Arnold Böcklin. Einzelne seiner Figuren erinnern auch an Schreckgestalten von Hieronymus Bosch. 1988 hat sein Werk postum in der Ausstellung «Der sanfte Trug des Berner Milieus» im Kunstmuseum zwischen Cuno Amiet und Albert Welti den seiner Bedeutung angemessenen Platz erhalten (Walter Loosli, 1988).

Der Künstler hat neben andern Märchen- und Sagensammlungen auch unsere «Gespenstergeschichten aus Bern» illustriert. Dem Betrachter fällt sogleich auf, dass der Architekt Eggimann minuziös realistische Bauten – Häuser, Kirchen, Mauern, Gassen mit Brunnen – als Kulissen hinmalt und dabei die Freude an den Gesetzen der Perspektive auskostet. Um so krasser wirkt der gewollte Gegensatz zwischen dieser geordneten Wirklichkeit und den mitten darin auftauchenden Gespenstern. Dahinter steckt mehr als eine blosse Lust am Fabulieren, dahinter steht das Wissen um den jederzeit möglichen Einbruch des schreckhaft Dämonischen in das Diesseits, dem der Mensch kraft- und wehrlos ausgeliefert ist. Diese Illustrationen treffen den Kern des Sagengeschehens und bilden deshalb eine notwendige, künstlerisch wertvolle Ergänzung zu den Texten.

Gespenster und Geister

«Gespenstergeschichten» nennt Hedwig Correvon ihre Erzählungen; Altstadtbewohner haben sie ihr nach Überwindung von grossem Misstrauen anvertraut. Sie berichtet in der «Berner Woche» (1. November 1919) ausführlich von den Schwierigkeiten des Sammelns: «Denn der, welcher eine Gespenstergeschichte weiss, sorgt ängstlich dafür, dass man nichts davon erfahre. Man könnte ja denken, er glaube selber daran, und was gäbe das für ein Gespött.» Vielen sitzt aber auch nach einer unerklärbaren Begegnung mit «Jenseitigen» der Schreck in den Gliedern und lähmt ihnen die Zunge. Dazu sind sie fest davon überzeugt, dass die Geister das Ausplaudern an gewöhnliche Sterbliche bestrafen können mit Krankheit oder gar mit einem qualvollen Tod. «Er hat mir von ihnen erzählt», klagt eine alte Mutter der Sammlerin ihr Leid, «und am andern Tag, als er wieder auf den Bau ging, stürzten sie ihn vom Gerüst, und man brachte mir ihn mit zerschellten Gliedern.» Man sieht, es braucht viel Mut, Geduld und Diplomatie, um das Vertrauen von Leuten zu gewinnen, «die an das, was sie gesehen, glauben und sich diesen Glauben durch keine Vernunftgründe nehmen lassen.»

Sind es nun Gespenster oder Geister? Wenn sie plötzlich auftauchen und uns erschrecken, rufen wir in der Mundart eher «Es Gschpänscht, es Gschpänscht!» als «E Geischt!». Das althochdeutsche Verb «spanan» bedeutete «locken», und das hievon abgeleitete Substantiv «gispensti» war die «Verlockung», wobei natürlich an den Teufel und seine Künste gedacht wurde. Deshalb bedeutete «gispensti» später auch «Trugbild, teuflisches Blendwerk». Wir verwenden das Wort noch im ursprünglichen Sinn, wenn wir jemanden «abspenstig» machen, also weglocken, oder wenn wir «widerspenstig» sind, einer Verlockung widerstehen…

Das Wort «Geist» bezeichnet vorerst den «Gegensatz zum Körper, die Kraft des Lebens», wobei der Geist eines Menschen gut oder böse sein kann. «Är het e guete Geischt»: Er ist verständig und aufgeschlossen. So gibt es auch gute und böse Geister. Wenn wir von ihnen sprechen, stellen wir uns körperlose, im «jenseitigen», also aussermenschlichen Bereich wirkende Wesen vor: Die verstorbenen Ahnen bleiben in der Nähe und überwachen als Totengeister das Denken und Tun der Lebenden; sie strafen oder belohnen. Neben ihnen wirken gute und böse Naturgeister, sie lenken Wolken, Wind und Wetter, fördern das Wachstum der Saat und verderben strafend die Frucht; man muss sie möglichst günstig stimmen!

Geister scheinen also nach unserer Vorstellung bestimmte Aufgaben im Schöpfungsplan zu erfüllen, während Gespenster eher Trugbilder sind. Die Redensart «Du siehst Gespenster» im Sinne von «Du bildest dir bloss etwas ein, du täuschst dich» erhärtet diese Unterscheidung. Doch der Sprachgebrauch vermischt zumeist die Bezeichnungen: Beide, Gespenster und Geister, erschrecken die Lebenden mit ihrer Erscheinung, wenn sie in die Wirklichkeit einbrechen.

Wie und wann erscheinen nun die Gespenster in der Sammlung von Hedwig Correvon den Lebenden? Zumeist in der Dunkelheit; denn sie scheuen das Licht. Um Mitternacht, vor allem in den heiligen Zeiten, formen sie sich aus weissem Nebel zu durchsichtigen Gestalten; andere aber gebärden sich am hellen Tag wie lebende Menschen. Wer es jedoch wagt, genau hinzuschauen, erkennt, dass ein Totengerippe in den altertümlichen Kleidern steckt oder dass das Gespenst den Kopf unter dem Arm trägt. Die einen Gespenster treten nicht fest auf; sie scheinen über den Erdboden hin zu schweben, ohne die Füsse wirklich zu bewegen; kein Brett knarrt, wenn sie erscheinen. Andere aber heulen, toben und poltern. Türen, selbst solche mit verrosteten Schlössern, springen von selbst auf vor ihnen; auch feste Mauern können sich plötzlich öffnen. Oder aber die Gespenster schweben durch Türen und Mauern hindurch wie durch Wolken. Und wenn ein Haus abgebrochen und nur ein einziger Stein davon zum Neubau verwendet wird, ziehen die Gespenster in das neue Haus ein und spuken mit Klagen und Gepolter hundert Jahre weiter. Sie gehen unaufhaltsam ihren Weg. Wehe, wer ihnen in die Quere kommt! Der spürt einen mächtigen Schlag auf der anschwellenden Wange, verliert das Augenlicht oder siecht gar dem Tode entgegen.

Sage und Märchen
Gespenstergeschichten gehören zum Sagenschatz, den eine Gemeinschaft von Menschen bewahrt. Vielleicht hat der Grossvater einer Familie spät nachts an einer bestimmten Stelle etwas Unerklärbares, Unheimliches erlebt, das er als Begegnung mit Jenseitigen deutet. Ein solches Erlebnis ist noch keine Sage. Aber wenn andere Glieder der Familie, wenn Nachbarn und weitere Angehörige der sozialen Gruppe an demselben Ort nun auch ähnliche Begegnungen haben und sie einander erzählen, werden solche Geschichten zu Sagen, zu Volkssagen.
Der grosse Unterschied zum Märchen besteht darin, dass man an die Wahrheit der Sage glaubt und dass man masslos erschrickt, wenn das unerklärbare Jenseits, das Numinose, in das Diesseits einbricht. Der Inhalt des Märchens wird nicht für wahr gehalten. Deshalb tritt dort der Held unbekümmert und unbeschadet aus der Wirklichkeit in die Märchenwelt; er bewegt sich hier und dort wie unter seinesgleichen und erschrickt keineswegs, wenn ein Tier oder gar ein Baum zu sprechen beginnt, wenn Menschen in Steine und wieder zurück verwandelt werden.

Weil die Sagen für wahr gehalten werden, sind sie an bestimmte Orte gebunden; sie sind Gemeinbesitz einer sozialen Gruppe und gehören zu den geistigen Kräften, die am Bild einer Heimat mitbauen. Sie können aber auch wandern und gleichzeitig Besitz mehrerer sozialer Gruppen sein. So werden Sagen von verborgenen Schätzen, vom vorbeibrausenden Wilden Heer oder vom versuchten Schädelraub im Beinhaus, wie sie auch in unserer Sammlung vorkommen, an vielen Orten erzählt, ohne dass dies die einzelnen Gruppen wissen.

Wenn aber in einer menschlichen Gemeinschaft, einer sozialen Gruppe, keine Sagen mehr bekannt sind und erzählt werden, ist das mit ein Zeichen, dass das Zusammengehörigkeitsgefühl zerbröckelt.

Jüngere und ältere Sagenschichten
Sagen sind nicht alle gleich alt. Datieren lassen sie sich zwar nicht; aber die Menschen verschiedener Zeiten und Kulturen erleben auch die Begegnungen mit den Jenseitigen verschieden. Relativ junge Sagen sind von christlicher Glaubensweise geprägt. Hier müssen die Verstorbenen zurückkehren und Busse tun für Vergehen, die sie in ihrem Leben gegen die christliche Ordnung begangen haben. Viele unserer Gespenstergeschichten sind dieser jüngeren Sagenschicht zuzuordnen. Die Busszeiten dauern erschreckend lang, viele hundert Jahre. Deshalb erscheinen die Ge-

spenster den lebenden Menschen oft in altertümlichen Trachten, mit Bänderhüten, Perücken und Degen. Meistens sind diese Büsser an den Ort gebannt, wo sie gelebt und gefrevelt haben oder wo sie verurteilt worden sind: in der inneren Altstadt, auf der Fricktreppe, am Bubenbergrain, in der Nähe des Rathauses, auf dem Kornhausplatz, in ehemaligen Klöstern, an der Badgasse, beim Frick- oder Françaisbad... Wer sich erinnert, dass in der Nähe der Fricktreppe ehemals das Chorgericht der Hauptstadt tagte und dass man dort auch die Verurteilten in primitive Gefängnisse einsperrte (F. A. Volmar, 1969, 64), versteht, dass gerade dort häufig Gespenster erscheinen. Einzelne von ihnen müssen ihren Streit oder gar ihren Mord ständig wiederholen. Andere schmoren ewig in feurigen Wagen. Sündige Nonnen werden endlos gequält mit dem Anblick ihrer toten Kinder auf dem Grunde des Brunnens. Umgekehrt erleben die Opfer von Spielsucht und Laster immer wieder den Sturz aus dem Fenster oder in die Aare. Unwillkürlich denkt man an Jean Paul Sartres Drama «Huis Clos», in dem zwei Frauen und ein Mann nach dem Tode die Verdammnis der Hölle erleben, weil sie sich – an denselben Ort gebannt – bis in alle Ewigkeit gegenseitig aufreiben müssen.

Menschen, die im Leben Gott dreimal abgeschworen oder Tiere abscheulich gequält haben, müssen nach ihrem Tode in Tiergestalt wiederkehren. Grauenvoll durchbrüllt ein sündiger Metzger als lebendig gehäutetes Schaltier die nächtliche Stille der inneren Stadt. Schwer bestraft wird auch der Diebstahl: Ein Lumpensammler, der ein Goldstück für sich behalten hat, muss als Esel ganze Nächte sein «Y-a» durch die Gassen schreien. Bei anderen Gespenstern ist der Grund ihrer Wiederkehr nicht erkennbar; vielleicht scheinen sie bald erlöst zu werden: Friedlich kehren sie – wie die junge Bäuerin in «Heimweh» – an den Ort ihrer Kinderspiele zurück, setzen sich lautlos mit an den Kaffeetisch oder auf eine Bank im Rosengarten. Sie fahren um Mitternacht in Kutschen den Stalden hinunter, steigen aus, machen stets denselben Rundgang und lassen sich von den Pferden zurück in die obere Altstadt führen.

Auch Teufelssagen gehören zu der jüngeren Schicht; unsere Sammlung sprengt eigentlich den Rahmen der Gespenstergeschichten, wenn der Teufel hier selbst auftritt und «Die ungehorsame Tänzerin» wie den Fährmann in der «Aareüberfahrt» mit sich reisst.

Einer älteren, vorchristlichen Glaubenswelt ist fremd, dass ein Verstorbener Busse tun muss. Hier wird betont, dass die Toten nicht weggerückt werden, dass sie immer noch unter den Lebenden weilen und sie belohnen oder strafen. Man fürchtet sich vor ihrer Macht und ihrer Bösartigkeit. So leistet das «unfreundliche Fraueli» in unserer Sammlung keine sichtbare Busse, es erscheint den Lebenden als Totengeist und lässt sich seine unbändige Kraft spüren. Der einsame Spaziergänger rächt sich für den Anruf mit einem Gewitter, und die schwarzgewandete Krankenschwester quält die leidende Frau.

Eine sehr frühe Sagenschicht treffen wir im «Kiltgang» an: Hier findet sich der uralte Glaube, dass die Seele im Schlaf den Körper verlassen könne und dass die Träume des schlafenden Menschen die Erlebnisse der wandelnden Seele seien.

Deutlich erkennen wir eine Mischung von vorchristlichem mit christlichem Glaubensgut in einzelnen Sagen, zum Beispiel in der Geschichte von der treulosen Nonne: Sie ist zwar eine Nonne und wird treulos genannt. Deshalb wohl muss sie in Katzengestalt wiederkehren. Doch leistet sie keine sichtbare Busse, im Gegenteil, sie schwillt zum Riesentier an und tötet den Lebenden, der sich ihr in den Weg stellt. Da erkennen wir noch die uralte Angst vor der Macht der Toten. – Auch in der Geschichte «Die eingemauerte Nonne» schlägt die Erinnerung an uralte Bauopfer durch, und so enthalten weitere Erzählungen ältere und jüngere Sagenelemente gemischt.

Eher zeitlos sind die Schatzsagen; auch in unserer Sammlung hütet Hans Franz Nägeli (um 1500 bis 1579), Schultheiss von Bern und Eroberer der Waadt, einen unterirdischen Schatz in der Altstadt. Dieser «Vater Nägeli», eine «hohe majestätische Figur», lebt als guter Geist weiter. Ähnlich wie der Berggeist Rübezahl hilft er Notleidenden, die sich an ihn wenden, und bestraft Mutwillige, die ihn bloss necken wollen. Neben ihm wirkt als weiterer Volksheld ein viel späterer Zeitgenosse: General Rupertus Scipio Lentulus (1714 bis 1786); er greift nicht in das Leben einzelner Menschen ein, ihn befragt man immer noch um das Schicksal der gesamten Nation. Hier liegen keine eigentlichen Heldensagen vor, das Volk bewahrt vielmehr das Andenken geachteter Persönlichkeiten, die sich im Leben durch grosse Taten um den Staat verdient gemacht haben.

Gespenstergeschichten sind Spiegel der Gesellschaft

Gesamthaft gesehen treten nur wenige Berufsgattungen als Geister auf. Eine Ausnahme bilden die Advokaten, an deren lauteres Tun man im Volk nicht so ganz glaubt. Wenigstens müssen sie sich in den Sagen zu Diskussionsrunden versammeln und ihre hitzigen Wortgefechte endlos fortsetzen, ohne sichtbare Resultate. – Auffällig ist, dass beinahe dreimal so viele Frauen für Vergehen büssen müssen als Männer. Der gesellschaftliche Moralkodex scheint für die Frauen viel strenger zu sein: Sie büssen für Streit und Zank, Ehebruch, Giftmord, Kindermord, frevelhafte Lust. Aber die Männer, die doch grössere moralische Freiheiten geniessen und dazu oft schuld sind an den ausweglosen Situationen der Frauen, gehen straffrei aus... Selbst der junge Patrizier, der ein Dienstmädchen verführt hat und es nun durch einen geheimen Schacht in die Aare stösst («Von unterirdischen Gängen»), wird im Leben und nach dem Tode nicht bestraft.

So spiegeln sich in diesen scheinbar harmlosen Gespenstergeschichten gesellschaftliche Hierarchien und Ordnungskodexe vergangener Zeiten; und es klingt ein sehr ernster, sozialkritischer Ton mit. Entscheiden, ob wirklich Gespenster und Geister existieren, wollen wir nicht. Sicher ist, dass die mit Begegnungen betroffenen Menschen fest daran glauben und dass es auch in unserer Zeit zu solchen Begegnungen kommt.

Schriften von Hedwig Lotter-Schmidt (Auswahl):
- Gespenstergeschichten aus Bern (Ankündigung) in: Die Berner Woche, 1. November 1919, 9. Jg., Nr. 44.
- Im Boykottierten Ungarn. Erlebnisse einer Schweizerin. Bern 1920.
- Das Hexenhaus, in: Kleiner Bund, Nr. 22, 1924.
- Hans Eggimann †, in: Die Berner Woche, 22. Juni 1929, 19. Jg.
- Man muss die Dinge nehmen, wie sie sind, und ihnen nicht nachsinnen, in: Berner Heim, 20. Juni 1930.
- Alte Höfe – alte Gärtchen, in: Berner Heim, 1. Dezember 1934.
- Buch der Hauswirtschaft, Bern 1934.
- Vater Nägeli, Bern 1936, in: Der Bund, 87. Jg., Nr. 33.
- Strättliger Sagen, Bern 1936, in: Der Bund, 87. Jg., Nr. 139.
- Einige Gespenstergeschichten aus Bern, Bern 1936, in: Der Schweizer Bauer, Kalender für 1937.
- Umwandlung des «Gespensterhauses» an der Junkerngasse (in Bern), Bern 1942, in: Der Bund, 30. Mai 1942, Nr. 246.
- Gespenstergeschichten aus Bern, in: Die Berner Woche, 31. Jg., 1941, Nummern 12 bis 40 (49 Geschichten).

- Leben und Wirken der Frauen in der Schweiz (unter Mitwirkung zahlreicher Persönlichkeiten), Zürich 1944.
- Das Gespensterhaus in Bern, Basel 1953, in: Der Schweizerische Beobachter, Nr. 5.

Literatur:

- Robert Mächler, Hedwig Alice Lotter-Schmidt (Hedwig Correvon), Biographisches Lexikon des Kantons Aargau 1803–1957. Aarau 1958.
- Walter Loosli, Trügerische Idylle im Werk Hans Eggimanns, Kulturbeilage zum Kleinen Bund, 30. April 1988, 139. Jg., Nr. 100.
- Eggimann Hans, Maler und Graphiker, in: Künstler Lexikon der Schweiz, XX. Jahrhundert; bearbeitet von Eduard Plüss, Mitarbeiterin Iris Ellen. 2 Bände, Frauenfeld 1958 bis 1967. Band 1, S. 255.
- Eggimann Hans, in: Thieme-Becker, Allgemeines Lexikon der bildenden Künstler. Leipzig 1914, Band X, S. 379.
  Kleine Auswahl aus der unabsehbar grossen Sagen- und Märchenliteratur:
- Vergleichende Sagenforschung, herausgegeben von Leander Petzold (enthält eine Reihe von bedeutenden Aufsätzen über die Sagenforschung von 1925 bis 1965), Darmstadt 1969.
  Lutz Röhrich, Sage. Sammlung Metzler, Band 55, Stuttgart 1971[2].
- Friedrich Ranke, Kleinere Schriften (enthält eine Reihe von Schriften über Sage und Märchen), herausgegeben von Heinz Rupp und Eduard Studer, Bern und München 1971.
- Friedrich A. Volmar, Berner Spuk und Mysteriöses aus dem Wallis, Bern 1969.
- Max Lüthi, Märchen. Sammlung Metzler, Band 16, dritte durchgesehene und ergänzte Auflage, Stuttgart 1968.
- Max Lüthi, Es war einmal... Vom Wesen des Volksmärchens, Göttingen 1977[5].

Register

Personen-, Gespenster-, Orts- und Sachregister

111